若有人问起　请告之你是我最美好的发现

李斯/著

别哭，诺冰娜

時代文藝出版社
SHIDAI WENYI CHUBANSHE

图书在版编目（CIP）数据

别哭,诺冰娜 / 李斯著. -- 长春 : 时代文艺出版社,
2023.4
ISBN 978-7-5387-7115-2

Ⅰ. ①别… Ⅱ. ①李… Ⅲ. ①长篇小说－中国－当代
Ⅳ. ①I247.5

中国版本图书馆CIP数据核字(2022)第226259号

别哭,诺冰娜
BIEKU,NUOBINGNA
李斯 著

出 品 人：吴 刚
责任编辑：孙 利
装帧设计：孙 利
排版制作：毛倩雯

出版发行：时代文艺出版社
地　　址：长春市福祉大路5788号 龙腾国际大厦A座15层 （130118）
电　　话：0431-81629751（总编办） 0431-81629758（发行部）
官方微博：weibo.com/tlapress
开　　本：880mm × 1230mm 1/32
字　　数：145千字
印　　张：7.25
印　　刷：三河市万龙印装有限公司
版　　次：2023年4月第1版
印　　次：2023年4月第1次印刷
定　　价：35.00元

小说的使命与尽头

——李斯《别哭，诺冰娜》代序

关邑

一

我的哥们李斯是一个沉默的文学杀手，我们订交几十年来，他几乎一直冷眼旁观着这个世界，轻易绝不张口或出手。武侠传说中某一类平生未肯与人过招但人人谈之色变的老怪，与他的性格和形象庶几近之。

二十世纪的八十年代，是今天回忆中遥远得近乎并不存在的时光。我们偶尔像白头宫女一般谈及那些天宝华年，恍惚觉得也曾颜色俊朗、身手矫捷如一群银袍小将。我们同年进入武汉大学，那时他正攻读英美文学的硕士；但更多的时间，我们则像是混入校园中的闲汉，喜欢在樱花大道下面的斜坡草地上负暄喝酒，练习摔跤和擒拿，以及旁和观美女并不失优雅地搭讪。

二十几岁的我们，已然可谓搭讪界的老祖。今日网络上流行的“招术”，在我们看来早已每况愈下，粗俗不堪。当然，酒色狷狂之外，我们其实还是严肃的文学青年。我们纠集了当年湖北最好的一批诗人，组建了“后现代诗歌沙龙”，并“地下”刊印我们的诗集和诗刊。他是唯一不写诗也不评诗的沙龙同人，当我们还徘徊在朦胧诗和第三代实验诗歌之际，他已经在给我们灌输美国“垮掉派”的文学理念，并已经翻译好金斯堡的《嚎叫》与《祈祷》。

当各地的民间诗社蜂拥登坛，只有我们这个沙龙对“出名”毫无兴趣。也许早在几十年前，我们的写作就已经选择了我们的私人立场。用李斯一向的态度来看——我们的文字还需要他人来认可吗？真正的写作者，何须为了发表而创作。荷马和李白他们，游吟或题壁，一样横行在大地和历史中。

那时的我辈，真是一群狂得没边的人。对文学的轻狂，以及对处世的“狷”——洁身自好有所不为，支配了我们一生的选择和命运。

二

八十年代末，我们各自选择了自谋生路，再次在武汉聚首，依旧日夕过从。他从高校教师变身为某公司打字员，成了第一代彻底告别钢笔的人。那是一个离开体制还不免艰于生计的时代，初为人父的他，眼看酒价日升，不免愁容如驴。

某个黄昏，我在他的狭小办公室使酒骂天，忽然发现他的废纸篓中，有几页扔掉的文字。我捡起来好奇地查看，他说是他没事练习五笔输入法而随便乱敲的废文，叫我别看，继续喝酒。但是第一段就把我迷住了——

> 同样的寒风吹来，掠过圣弗兰西斯科闪烁的夜灯，掠过金门大桥上的铁索，掠过桌上快要变凉的牛奶,掠过我蓬乱的头发，而你在哪里，此刻？
>
> 以你最充沛发达的想象力又怎能看到，在俯瞰这冷漠城市和无情吊桥的山顶上我已崩溃到何种程度？困极了，劳累过度，一天伏案14—16个小时赶写这Dracula一样不断吸走我血液的论文，还得面对惨白的灯光准备诊所里的咨询答案，还得预想明天的诊所里被幻觉、性混乱、控制、固执、财产纠纷、器官崇拜和自我折磨弄得面目全非的人们尖锐而病态的问题以及刻薄的刁难，还有Boss总不满意的怒容。回到这里，我时常坐在椅子里，木然呆视《魔鬼与蝗虫》，想到人类有意义的生活时代已经结束在《圣弗尔天启书》的原稿里。先于阿尔的太阳照耀在上个世纪一个画家的头上，或其他什么流

萤扫过我的脑际，一阵阵送来睡意，我的空洞的泪就时常滚入我手里握着的牛奶杯里——那是我今天有时间和心情消受的唯一食品。

亲爱的斯迪维，你无法想象我多么想念你，多么怀念那些已一去不复返的时光——笑声、拥抱、我的舌尖在你的牙床上、无休止的长谈、郊游、爱抚、一切，甚至争吵，甚至斗气，甚至煮面条在厨房里！

我算是那种对文字有一点儿特殊敏感的人，他有些赧颜地想要夺走撕烂这几张纸，被我强行读完接下来那些更加惊心的段落。我一眼辨认出这是一篇伟大小说的开头。我甚至早在学校时，就已经风闻过这个故事的原型。我们两个平时是全无正形的人，那一刻我忽然正襟危坐，我对他近乎危言耸听地说："如此好的小说，你他妈必须把它写完，你会把那些假模假式的作家全毙了……"

他对我的判断力多少还是有些信任的，略显自信不足地说："你真的认为我应该写吗？"我说："当然，哪怕只是为了给孩子赚一点儿奶粉钱，你也应该把它写完，而且绝对会一鸣惊人。"

那之后他有一搭无一搭地写着，我们继续在各自的荆途中忙活。未几，我突然幽居在这个城市的某个角落，当然也完全失去了他的动向。再见面时已经是1992年的初春，他在众目睽睽中前来探视我时，带来了当年刚刚出版的《花城》杂志，上面已然发表他的这个中篇小说《别哭，诺冰娜》。

他说我失踪之后，他不负我的信任写完了这个，然后没有留下任何联系方式，直接投给了他比较喜欢的《花城》，然后他就去了我刚离开未久的海南岛谋生。他没想到很快发表了。编辑部却从未听说过这个人，根据邮戳地址，联系湖北作协查找是否有这个作家，但是作协确实查无此人。他是在地摊上发现了自己的作品，在路过广州时凭借身份证，经过百般盘查才终于领到了那两千稿费——在当时，这让他终于过上了有冰箱的生活。

在那个年头，能在这些大型名刊上发表一部中篇，只要坚持写，很快就能跻身文坛。他从海口辞职回家，却从此放弃写作，在街边开了一个翻译社，主要依靠打字复印的业务维持麻将桌上的盈亏。很多看过他这篇小说的人，都为他的先锋写法而叹服。

三

我回到江城的那个黄昏，第一个敲开的依旧是他的门。

我有些疲惫地斜靠在门框上，对着沙发上的他和熊红说："兄弟们，我回来了。"我们像久别重逢的恋人一般拥抱。他迅速纠集几十人为我洗尘。当夜在他那简陋的办公室，桌椅班台乃至地面上，醉倒酣卧了至少七八个男女。

在接下来的漫长时光里，我们都放弃了写作。生活驱赶着我们野牦牛一样逐水而居，贫穷、争斗与不时奇遇的爱情及哀伤，取代了我们青春期的文艺情怀。我把他邀请去北京做书创业，三个男人合租在一间没有冰箱洗衣机的老房子里。另外一位是诗人易水，同样是八十年代的隐名高手。我们却再也不谈文学，偶尔有人提起我们曾经发表的作品，似乎那是被捉奸在床的遥远羞耻。

因为投资人携款逃奔美国，我们最终散伙。他去了美国《财富》杂志中文版，接替主译并成为十多本中刊的副总编辑，之后因为难以言说的原因，还是回到了武汉妻女的"寒舍"。在那个没有电梯的八层阁楼上，他在接下来的十多年里，翻译出版了近百部英美书籍。但这些一个字一个字敲打出来的稿费，大抵多数又被他挥霍在他一直迷信的股市中。

在所有朋友都基本换了新房之后，我们还得吭哧吭哧爬上八楼去找他喝酒。有太多出版社找他译书，从天体物理到妇科医学，他从中研学到了各种渊博芜杂的知识。知识越多越迷惑，他突发奇想要去报考武大名师赵林先生的哲学博士。那时他已经四十几岁。问题是他竟然轻松地考取，师从赵林先生攻读基督教现代思想史，并于2007年在英国伯明翰大学宗教与神学系完成博士论文。

一个曾经风流垮掉的浪子，在我们戏称他已然“闭精”的年龄，抱着已经出版的等身著作，重新开始去大学求职，终于回到了他二十年前辞去的讲师生涯。他在课堂上依旧幽默倜傥，但在老哥们的酒局上却开始日渐郁闷。因为对神学的深究，对现实的困惑，他在相当长的时间内，似乎突然变成了一个神叨叨的畸零者。每餐独自喝着闷酒，很少有老友能把他呼出阁楼。

这个期间他完成出版了《毕达哥拉斯传》《廷得尔的上帝观念》《海子故事》和《海子诗学》（英文版），在海内外发表学术论文十余篇，并终于混到副教授的职称。他相信神的存在却无法说服自己受洗，他发现世界上无数原本泾渭分明的事情，突然间模糊不清。原来人间的很多问题本身无解，他又一心想要解读海子的死因。一向擅长思辨的他，突然决定再不与任何人争论任何事情。

无人可与对话，原本滔滔不绝的讲台上，可以说的话日减，听得懂的更稀。他开始白发丛生地步入退休的年龄，却深陷于难以自拔的焦恐中。他像杞人一样每天幻觉天之将坠，担心每一个楼板的坍塌，连我们这些老哥们的黄段子也无法重新唤回他的开心一笑。

终于熬到了告别职场的时候，这个世界已经没有一件事能够引起他的兴趣。为了寻求解脱，他甚至自带行囊投奔精神病院。医生与他一番对话之后说："我们这里还没有一个病人是自己跑来，基本都是家人或街道架来的，因此我们判定不能收你入院。他用他高深的哲学医学神学伦理学和社会学知识，万般哀求直至把医生侃晕之后，终于留院观察。他像卧底一般更加恐怖地谛听了一周的各种鬼哭狼号之后，落荒而逃地回到人间。

这时我们已经睽违了几年，我也许还是他唯一可以聊天的人。我们隔着万重关山，视频对看着各自的衰颜——我们这一代真的老了，老得如此失败而颓丧。我也在我的抑郁中挣扎，失眠，戒酒，酷爱独处，我开始理解他的孤愤和绝望，以及时而升起的轻生之念。我们同病相怜如涸辙之鲋，遥远的唾沫似乎也难以拯救彼此的残生。我对他说——我比你面对更多的死亡，我已超然高蹈于生死之上，是因为我还迷恋着书写。我在我美好的文字中获得救赎，即便它如推石上山一样沉重，但是它确实延续着我对这个世界的兴趣。我说："我一直难以理解你为什么不写，你的文字和思想一直远在我辈之上。我至今酷爱你的《别哭，诺冰娜》，我求你把它扩写成一个长篇。在这个瓦釜雷鸣的时代，我希望见证你重新出剑的锋芒。"

那一刻，我终于看到了他病态的厌世倦容上盛开的会心一笑。几个月之后，我终于第一个读到了这部稀世之作。别哭，诺冰娜；别哭，李斯；我们都别哭。

四

这是一部真正按照“元小说”的理论、叙事以及结构技巧，来故意实践的创作。

中国的作家早在二十世纪八十年代初，就开始模仿学习各种西方文学技法，多数读者也大致熟悉了意识流、魔幻现实主义和荒诞派之类话语；但何谓“元小说”却基本陌生。“元小说”是后现代主义思潮影响下的一种新的小说创作方法。该方法打破传统第一人称、全能人称的惯常手段，使多人称同时出现在小说创作过程中；还会使用循环叙事、互文拼贴等文本手段，意在向读者宣明：历史与现实都是不可靠的，小说更不可靠。我们看到听到的，只是文本再现的结果。

英国作家和评论家大卫·洛奇最早于1969年在《十字路中的小说家》里首次提出这一观念，以期打破传统小说固定人称的写法，让作者直接突入作品，甚至与作品中的人物对话，目的是要揭示现实的虚幻性。一定程度上可以说“元小说”只是一个写作技巧，并非一个文学流派。只是从古到今曾经有一批作家无意识地使用了这种手法，然后被评论家归纳为这一类别。

马原兄当年的西藏系列小说，曾经不经意地暗合了这种写法，一时蜚声文坛。他一边细腻刻画貌似纪实性质的细节，一边又有意暗示其虚构的背景。他甚至向读者坦言自己以制造叙述的圈套为乐，他对传统叙事的解构游戏被视为是针对小说的冒险。元小说的最大特征是，作者在创作中将自己列为故事的一部分，从而借讲述故事背后的故事，来表明这个世界的本相其实取决于作家的再现，读者看到的一切都只是人为的编造而已。

“元小说”的价值，就是后现代主义主张的对历史与现实的重新评估，也就是某种程度的历史虚无，强调作家对现实的重构。当然，这是小说形式的一种创新，未必一种形式一定高于古典形式，但小说创作之形式丰富，肯定对文学空间的拓展极具价值。同时也让人看到——我们经验的真实世界也许并不真实。

新版的《别哭，诺冰娜》，把原来一个讲述中外师生的普通灵肉故事，通过标本解剖的形式，还原为关于人的情欲、情感与情操的残酷心理病例分析。一个被狭隘的民族主义情绪困住的中国学生，用肉体报复来填补他认识到的中美巨大差距。作者一边讲述这个略显古典的情色故事，一边引经据典通过各国新闻和文学中的各种畸恋，无情地探索人类爱欲的本质。

在情操的层面上，所有民族所有背景的人都是平等的。也就是说，情欲、情感是人皆具备和无可指责的，但是，情操却需要后天教育或人的自我修炼才可达至高点；在这高点上，所有人都能达成宽容和理解。本小说追求普世的真理，适用于所有文化与宗教背景的人群，它希望为人类找到共同的道德支撑点。这不仅是文学形式上的突破，更像是思想界的一场惊世骇俗的探索。

这是李斯打破文化樊篱的一种努力，他在诺冰娜毫不遮掩的肉欲中，让我们看到的是一位高尚博学且真实的异国女人的孤独。仿佛看见砍断的胳膊，我们手指才不会觉察到痛楚。这个文本中故事的部分，和引经据典的学术部分，貌似有一些疏离，看上去已经不是我们习惯的那种文学阅读。但是，作为一个整体，它们是互相照应的。

在我们熟视无睹的情感世界里，那些日复一日的波澜起伏，无不昭示生命的荒谬和无意义。假如我们没有找到心灵的压舱石，人类的迷乱依旧一望无涯。我们昨天为一场争诉痛苦，今天又因自我的宽容而释怀。我们渴望爱与被爱，却又被人误解，或者不懂珍惜。当一切成为往事，我们才明白那丢失的，往往才是最为珍贵的珠宝。生命也许本身并无恒久意义，但我们的体悟却如高山流水，与世长存。

谨此代序。

2022年11月3日

CONTENTS

目　录

0.我的青春简史

如果你碰巧遇上这么一个人。

他长年一条蓝色牛仔裤，时而短袖格子上装，时而圆领浅灰T恤，肩背黑色瑞士十字背包，足蹬运动鞋或样式怪异的黑色皮鞋，开一辆超过十五年的浅蓝色赛欧车，迈着总是急匆匆赶赴约会的步子。偶尔遇到一两位熟人，他会露出看上去十分开心的微笑，还会挥起一只略显臃肿的手表示友好，这种微笑在半秒钟之内便会随着手臂的放下而消失无踪。

你不会奇怪，也不会特别留意，因为这样的人太平常了。或者不如说，从左边看，他像是在赶着上班的销售房产的某位经纪人；从右边看，他又可能是某个税务所的低层干部；如果从背后看去，他又像是刚刚下了火车，到这个城市来寻找某个失散多年的亲朋好友的外地人。

他不戴眼镜，略显粗壮的身材已经因为稍微弯曲的背部而现出岁月造成的老态，从他黑白相间的杂乱短发和没有丝毫文雅痕迹的步态看去，这人不太可能跟任何一门学问存在哪怕是肤浅的丁点儿联系。如果从正面看去，他方形的国字脸，以及与脸部面积比较起来小得不成比例的一对儿没有什么神采的眼睛，会给人（尤其是女性）一种介于呆板和冷漠之间的混乱感觉。

至于他的鼻梁（假如尽管低矮但仍然可以如此称呼这个器官的话），更是呈现一种虎卧平原的摆设感，除了对他本人似乎仍有构成呼吸系统之一部分的必要外，给人更多的是一种凑数的概念，或类似的感觉吧，这取决于各人的用词习惯。

这个人就是我。

而且，此人竟然还有一段情欲史。

在讲述这段情欲史之前，我想让亲爱的读者明白：无论男女老少，无论长相如何，亦无论你天生的性格怎样，每个人都一定有这样一段属于你自己的情欲史。

下面的故事可能与你的故事不太一样，亦可能大同小异，可是，没有关系，假如这些故事当中的任何一个能引发你的联想，触及你已经封存许久的一段回忆，那正是我讲述这段情欲史的目的所在。不要担心我们之间存在什么情感的鸿沟而觉得彼此大大不同，有一个基本事实使我们彼此联系起来，那就是：

我们都是直立行走的现代智人。

*　　　　*　　　　*

大概六岁到七岁之间的某个月份，我疯狂地爱上了自己的班主任孙悦老师。半个多世纪过去，我仍然记得这位从外地调来的女神老师的样子：她大概二十六到二十八岁的样子，身高比普通女老师略高，脸微圆略胖，头上扎着辫子。第一次在课堂上见到她的那天早晨，她穿着白色绸缎衬衣和浅蓝底色带暗红色方格齐膝棉裙，配的是当时很少有人穿的带鞋绊的黑色皮鞋。我现在知道那是绸缎制的衬衣，是因为其质地不如棉制品硬挺，因而使她的一对乳房格外醒目。

因为到今天我仍然不清楚的某个原因，这位从武汉来我上小学的那个小镇担任班主任的孙老师看上去很是开心。她讲一口跟广播里一样标准的普通话，笑呵呵的，每隔几句就停下来微笑一下。

我们都知道很快要调来一位新的班主任兼语文老师，却没有料到她如此惊艳夺目。记忆当中，包括女生在内的全班小伙伴似乎都特别开心，因为无论孙老师提出什么问题，课堂里都会立即举起森林般的小手。

我因为比较起来算得上能歌善舞（主要还是胆子粗），当然就承担了班级宣传委员的重任，虽然是个吃力不讨好的中层官员，每隔几天就得哀求那几位表演节目的同学放学后留下来排练，可这个官差使我跟孙老师有了额外的接触机会，因此每天上学放学我都有了新的动力，乐得屁颠屁颠的。

校园后院有一排柳树，几十棵，很快就结出了人字形的新芽。远远看去，每一棵被新发的绿芽拱成圆形的柳树，都好像是孙老师在远远地望着我。

当年，学生没有公共桌椅可用，上学的桌子和凳子都是自家带去学校的。每间教室只有讲台和老师的坐凳由学校配给。在孙悦老师到来的第二个星期，马上就发生了一件令班上所有同学醋意大发的重大事件：只要是孙老师的语文课，她就让我把凳子搬到她讲台旁边，然后一边讲课，一边时不时轻轻揪一下我的圆脸（我是班上少数几个胖墩之一），或者干脆把左手搭在我头上摩挲，仿佛我是没有生命的玩具。

这样的举动一方面让我开心，另外一方面又让我尴尬无比。在这样矛盾交织的一个学期里，我似乎经历了以后需要一辈子才能厘清的涉及男女的情感纠葛，尽管大家完全知晓，那个时候的我，生殖器还只是形同摆设的一个半成品，它除了排尿的基本功能外，另外更重要的功能要等很久以后才有发挥的机会。

孙老师已经结了婚，她丈夫在武汉工作。

向学校请假回武汉探亲的那个下午，她到班上交代了各项工作，然后特别把我拉到教室外面，就一个节目的排练指导了一番，然后两只手在我胖乎乎的脸上连拍了六七下，算作是临别鼓励。

多么漫长的一个星期啊!

柳絮飞扬的校园里，下课后照样人潮涌动，相互打闹的，急匆匆去厕所的，只有我像失魂落魄的野狗，呆坐在破凳子上哪里也不想去。

好在毕竟有要务在身，按照孙老师的吩咐，我每隔一天安排一次半小时的课后排练。就是一个简单的合唱，以前大家都挺给面子的，可这次，那五六个同学竟然像合谋造反一样，完全不听我指挥了。勉强凑在一起，唱出来也是南腔北调，而且一连三天都是如此。

知我者，谓我心忧。

悲剧就是这样酿成的。次周的这天下午放学后，已经回到学校的孙老师来检查合唱，其结果可想而知。正当孙老师准备揪我耳朵表达愤怒时，忽然听到合唱队里传来嗤嗤的笑声，孙老师似乎立即明白发生了什么事情：这场“哗变”极可能是出于醋意而陷小胖子于绝境的阴谋。孙老师本来已经伸出手准备揪我耳朵，竟然变为一把将我搂在怀里。

委屈的眼泪夺眶而出，我像一只真正受伤的野狗，抱着孙老师就抽泣起来，完全顾不了残存的最后一点尊严。。

就在这年冬季，因为父亲工作调动，我们全家迁往另外一个小镇。在陌生的新环境里，我穷于应付衔接不上的功课和小镇上欺生的小流氓，虽然原来那所小学的柳絮还会在我脑海里飞舞，但小伙伴和孙老师的身影却慢慢淡去。

许多年后，我突然意识到：流在孙悦老师衬衣上的眼泪，是我的体液第一次真切地遗落在所爱的一个女人的身上。

*　　*　　*

大概25岁这年，一次公汽上的奇遇，使我对比自己小至少十多岁的一个白化病小姑娘产生了介于肉欲与怜爱之间的某种奇特感觉，我今天仍然无法对这一历史做出明确界定，甚至无法为那突然之间产生的怪异感觉命名。幸亏那只是突如其来亦转瞬即逝的一阵情欲冲动，在它演变为实际的犯罪行为之前，我的注意力已经被别的事件转移 了。关于此事的细节，有兴趣的读者请参阅本书后文中的标本3。

*　　*　　*

到目前为止，如果大家发现我所说的情欲故事，仅指跟我这样一个雄性哺乳动物的生殖器密切相关的欲望事件，那请允许我为自己无意间的误导表达歉意。我意思是说，说到情欲，本来不必遵守生理发育顺序，亦可以按照事件的性质重新列出一个秩序，所以，我现在就说说大学一年级的时候，我对一位法语老师的不同情感。

我与张老师见面的那个学期，正好也是她春季学期结束便退休的那一年，之后，她将应中法友好协会的邀请前往法国里昂进行为期一年的访问学者游学活动，作为法国政府对她数十年法语教学表达的谢忱。因此，我与张老师的实际交往，只有短短的四个月。

法语只是作为我的第二外语的选修课，课程本身并不重要，然而，见到我现在不便直呼其名的这位张老师，我得到的那种震撼简直无法形容。我只能用气质高雅这四个字来形容她，其他的留给各位亲爱的读者自己去想象。

至于各位可能怀疑，一位小镇青年初上大学，见到都市里的随便哪位知识女性，都有可能发出这种刘姥姥进大观园式的无端惊呼，那倒是大可不必有的担心。在男女的事情上，我虽不能说阅人无数，至少也还没到错把东施当西施的程度。

张老师年届六旬，一头银发相当自然，假如不是她自己说当年便要退休，那任谁也猜不出她的年龄。她的学者气质、她美丽动人的面容、她标准纯正的法语，都无法掩饰黑边眼镜后那双深邃的眼睛里不时流露出来的深重忧郁。当然，这深重的忧郁和时不时才会流露出来的内心，是需要一双痴呆、动情的眼睛去发现的。

我恰好就长着那样一双眼睛。

而且我的痴呆表情很快就被她注意到了。

我后来读研和读博期间，一直都把法语作为第二外语兼修课，那不仅是我个人对于法语这样一门我觉得高贵无比的语言的爱好或尊重，更多是出自对张老师的深切想念。如果说我对法语的兴趣由她唤起，不如说我对法国诗人波德莱尔、兰波和法国哲学家卢梭、萨特等人的敬仰因她而生。她把法国文化里差不多所有能够吸引年轻人的精彩故事，都穿插在课文背景介绍和平时的测试题里，让本来枯燥乏味的二外课成为我每周迫不及待的期盼。

确切地说，卢梭与华伦夫人的不伦情事，可能在潜意识里给了我主动发起挑战的极大勇气。

接下来的事情既简单又顺理成章。

我目不转睛的凝望没有逃过她的眼睛，我频频举手提问的小伎俩，每次也都得到她会心的微笑。我是法国文化的痴迷者，这一点，她作为老师和全班同学都知道；而我作为一个愣头青，借着提问的机会展示自己对她的万般关注与仰慕，就像发情的猪仔在猪圈里乱转圈，这种笨拙手段下掩藏不住的痴情，却只有她一个人明白。

很快，我便应邀去了她的教工宿舍。

西四区的教工宿舍入口处有一棵巨大的樟树。浓密的樟树叶将纷纷扬扬的细雨接纳下来，变成较大颗的雨滴汇入地面的涓涓细流中。就好比我与张老师的谈话，法国寄来的葡萄酒还没喝到一半，我的个人故事便在三分钟内说完了，而张老师有选择的人生简历，也就在我几句并不出格的问询中呈现完毕。

她中年离异，无子女，已经独居20多年。至于为何离异，为何未再婚，我毕竟是个对法国文化略知一二的大学生，再蠢也不会到初次见面便盘查人家历史的程度。相对于当时还十分简陋的教工宿舍，那瓶从法国友人那里寄来的葡萄酒已经是十分奢侈的享受了，我们握着酒杯，爱不释手的样子。尽管话题东扯西拉，漫无边际，然而现在回忆起来，那种温馨的感觉胜过当时所说的任何内容。

当时风行全国的吉他名曲《爱的罗曼史》在一遍又一遍地反复播放，随着谈话的天马行空，酒杯里的葡萄酒也不断接近底部。就我当时小得可怜的酒量，三分之一杯便已经到顶了，可为了绷住男人的面子，我只得一直若无其事地喝下去，不觉间满脸通红，估计眼睛里早已布满血丝。在那一股化学品的催促之下，我痴望着张老师的眼神已经全无遮拦。

张老师放下快要喝完的酒杯，走到我坐的沙发跟前。她弯下腰，双手捧住我的脸，轻轻抚摩起来。

我的天啊！这动作如同往干柴上面浇了汽油。我放下酒杯，站起身来，一把抱住她，用我的厚唇直接将她想要辩解什么的嘴唇牢牢地盖住。

这突然的动作让她始料未及，更不知所措。我明显感觉到她最初几秒钟的抵抗意识冰块样融化，随后，随着我双臂上的重量不断增加，她已经不再依靠自己的双腿站立了。

我抱起她，直接到了她卧室的单人床上。

老天作证。此前我虽然也有跟这里那里某位女性零星的身体接触，但如此密切全面的肉体碰撞却是生平第一次。一通狂吻之后，作为性盲的我，一时却不知道接下来如何作为了。

张老师可能早有预料，她虽然放弃抵抗，却并没有失去意识。在接下来的大概半个多小时，她引导我的手探索她的身体。如此循环往复，正如客厅里那首被循环播放的吉他名曲。

我躺在她身旁，学她的样子闭目享受那种宁谧与狂乱交错的情感传递。对于我那样一个十九岁的处男，她与其说是在参与一场只有天地作证的做爱前戏，不如说是又一次侃侃而谈、耐心细致的课堂讲解。她似乎在严肃认真地展示真实的人体解剖结构，然而，她忍不住发出来的一阵阵呻吟，显然又是在带头扰乱课堂纪律，让我在她迷人的体息里头晕目眩。

就在我的雄性血脉偾张，企图凭借本能的冲动有所作为时，她却伸出食指，放在嘴唇前做保持安静状。

我们就此安静下来，并排躺着。

我的记忆定格于此，直到自己的天命之年。

我无法解释如何会爱上年长自己四十岁的张老师，更无法解释几十年过去后，我仍然保持对她如初的痴迷。那个学期结束后，她真的去了法国，从此失去音信。那个晚上的狂乱并没有打乱我对“气质高雅”这四个汉字的真切理解，换句话说，假如有人拿恋母情结来解释我这份不伦情怀，我可能无话可说，但那显然只是一个外行才会做出的肤浅猜测。

我记得住她脸上每一处细小的皱纹，每有熟悉的气息飘过，我也能迅速与她的体息联系起来。我记得住她圆润的嗓音，更记得住她在课堂上经常以悲悯口吻说出来的那句法语：

Mais，C'est la vie！

然而，这就是生活！

*　　　*　　　*

《小河淌水》原是云南弥渡的简单歌谣，近百年来却传遍全世界，听过此歌的，应当不下上亿人次。我已经忘记自己第一次是在哪里听到这首“东方小夜曲”，然而茶马古道上发生的那一场恋情，却让那一瞬间形成的想象画面终生刻印在我的脑海里了：十几岁的怀春少女初尝禁果，日夜思念深山赶马的情郎，她没有任何一个可以倾诉内心烦恼的对象，只能在月亮高悬的夜晚，来到河边的芦苇丛中，听流水潺潺，看月辉在河面倾泻，直到月影婆娑，昏昏欲睡。

我也忘记第一次听到的歌唱者是谁，我爱上的是那个站在河边思念情人的少女形象。我能想象出她身着弥渡土布衣衫、头发梳理整齐、抬头仰望明月又低头俯视流水、寂寞无奈又满怀希望的样子，更能想象她心目中身着露臂上褂、头扎黛色裹布的情郎。二十几岁形成的这个想象中的画面，直到今天仍能令我时不时“听”到那优美的曲调，我始终无法摆脱对这陌生又熟悉的少女的思念，这思念早已经演化成深藏心底的强烈挚爱。

如果你说我这种痴迷是一种恋物冲动，我勉强可以接受，尽管我爱上的是一个没有形体、不可触摸、更不是在这个世界上的任何一个地方可以找到具体对等物的幻想对象。我听过无数同样震撼心灵的歌曲，那些歌曲所描述的爱情故事之婉转凄迷丝毫不亚于《小河淌水》，然而，一首错误的歌曲在一个错误的时间被一个错误的灵魂偶尔接纳，然后形成终生的迷恋对象，这可能是一个特例，亦可能是人所尽有的共通体验，对此，我目前无法做出定论。

唯一可以肯定的是：这是一种明确的对于被爱的渴望。

* * *

后来，在一个柳絮飞扬、包括动物和植物在内的有情万物皆因自然的繁殖冲动而肿胀、膨大、生根发芽的春季，我结婚了。

之后就生子。

各位亲爱的读者朋友，假如你以为我的情欲故事到此完结，那你可真是错得离谱了。很显然，接下来的所谓情欲史，就是大众所说的婚外情。我不会急于否认婚外情的存在，无论我们对婚外情的理解存在何等巨大的差距。

放大人的激情范围，你会发现，那些因为社会地位的变化而产生的激动，那些因为经济状况的巨大涨落而出现的情绪落差，都只能维持短得可怜的一阵子。而真正让我们怒火中烧，让我们的炽情如滚滚烈焰直冲云霄，又或者使我们的情绪落入万丈冰窖的，永远都只是爱，这个让许多人彻夜难眠、寝食难安的神奇概念。

假如你看过芬兰学者爱德华·韦斯特马克的《人类婚姻史》，或者加拿大学者伊丽莎白·阿伯特的《婚姻史》，就算摩尔根的《古代社会》或米德写的《萨摩亚人的成年》也行，你马上就会发现，哪怕亚里士多德曾说人是一种适合婚配和少数不长羽毛的两足动物，但是，既然人类婚姻制度有一个开端，那就一定也会有一个自行结束的时候。事实是，婚姻作为保护弱者的人造制度，从来都没有约束住婚内夫妇对于婚外爱情持续终生的追求。

我意思是说，在上面列举的几个案例的中间和前前后后，稍加想象便可得知，在我谈不上卑微，亦无所谓高尚的漫长情欲史里，激发起我对广义的爱情和支撑爱情的狭义的情感、情欲和情操之无比好奇的事例数不胜数，无以详述（毕竟，这只是一个简史）。在这些事例当中，或说是因这些事件引发的种种遐思中，我被好奇心激发起来的种种探究冲动，终于演变成一发而不可收的学术冲动，这种所谓的学术冲动，就其本质而言，亦可用窥淫癖、杠精、幻想症等无论哪一种你自己觉得合适的词语来表述。简言之，在婚姻之后的漫长岁月里，包括法文、意大利文、英文和汉语（当然的）在内的数百种相关书籍，以及跟实验心理学相关的主要英文期刊，还有数不清的实验心理学会议集刊，无不都在我的收集、阅读和研究的范围之内。

这种探究自身情感实质，想弄清楚自己真实心理身份的狂乱之举，用深藏于人性深处的本能冲动来解释，当然是最为便捷和极有说服力的，然而，假如有读者认为，在这几十年穷追不舍的精神追求的背后，兴许隐藏着一位自许的基督徒自度度人的利他主义元素，那我决不会冒死反驳。尤其是：

假如你厌烦于亲朋好友对于婚姻的抱怨。

假如你自己陷在无法自救的情感旋涡。

假如你自觉高尚的情操被人污为邪念。

甚至假如你对一只宠物的怜爱演变为类似于爱情触发的悲怆。

甚至假如你对一只用惯的圆珠笔爱惜到了须臾不可分享的境地。

又假如你发现钟爱的对象移情别恋而七窍生烟。

或者你感觉这世上既不存在爱情，也没有什么持久的情感、情欲或情操可言。

那你需要这本书。

或者说，你终于找到知音了。这个知音要告诉你的，只有一句话：

你是正常的!

下面我抄录弗雷泽《金枝》中的一段话，看看千百年来人类情欲如何跟婚姻、丰产、迷信、生殖和我们内心深处潜藏着的神秘呼唤相互勾连：

> 中非巴干达人执着地相信，两性交媾与大地丰产之间有密切关系，如果妻子不能怀孕，一般就将她退婚，因为她妨碍丈夫的果园丰产。但假如有夫妻生了双胞胎，那说明其生殖力超乎寻常，因而也相信这两口子有使果树丰产的能力，也就免费供给他们食粮。孪生婴儿出生后不久，往往会举行仪式，这位母亲会在房子附近茂密的草地上仰面躺下，将园内采来的大芭蕉盖在两腿之间。之后，丈夫过来用生殖器将芭蕉挑开。仪式的目的很明显：将这对夫妇的生育能力传给园内果树。这对夫妻在邻里四处行走，去往亲朋好友的植物园里跳舞，要让他们的果树也结出更多果实。

如果两性交媾影响物产，物产的多寡又导致婚姻离合，那么，对爱情充满憧憬的万千男女，又有什么理由为这全然实用的字眼披上神圣外衣呢？反之，让人感觉生离死别、魂牵梦绕的所谓爱情，果真就没有一丝高贵之处，以至于为它赴死的情郎怨女全都是枉死的孤魂野鬼，不值一提？又或者我们对爱情的理解谬之千里，以至于把本属于正常情感波动的时时刻刻拔到了完全出格的高度？

本可以把上面那个属于我作为一名业余心理学家的青春简史扩展为一本完整的示范读本，还可以详细描绘那其间发生的无数惊心动魄、跌宕起伏的情感瞬间，那许许多多个瞬间曾让我泪如雨下，亦曾让我目空一切、双眼迷离。然而，由于这个简史只是一个提醒物，借以唤醒各位读者或许早已淡忘的个人情史，我希望经由这道回忆之门，各位亲爱的读者能够重温旧梦，打探内心，恢复你或人或鬼的本来面目。

好了，请大家做好准备，我们即将进入情欲的纷乱世界。

1.从实验心理学问卷开始

关于爱情，如果你明明感觉有千言万语想要说却一个字也说不出来，也不知道从何说起，那么，亲爱的读者，不要烦恼，因为自打有人类以来，98% 的情形皆是如此。这不仅是盖洛普民调结果，也是实验心理学多年大样本测试的大致结果。

如果你认为自己对爱情已经有了深刻认知，而且深刻到了常人无法理解的程度，那么，恭喜你，你现在有了一个校正爱情观的机会，因为你对爱情的所谓深刻理解多半是错误或者浅陋不堪的。

作为一名实验心理学家，我深知大家会对我上述的言论嗤之以鼻，甚至怒火中烧，大家极可能觉得，我如此张狂的放肆言论是对他人智力的污辱，更可能是对他人已经复杂得无以复加的爱情生活缺乏了解而发出的胡乱推测。你可能觉得，你所体验到的那种爱情，是与情欲毫不沾边的高尚情操，其圣洁与清纯，可能是你认识的任何一个人类都无从知晓的，它远离世俗的一切污泥，它与你在此世一切的现实追求毫无关系，总之，借用一句陈腐的话说：子非鱼，安知鱼之乐？

是的，我决不会冒昧到无理性地排除上述任何可能的程度。然而，心理学毕竟是一门学问，这门研究人类自身的学问涉及人的知觉、经验、记忆和无意识行为，尤其是对这些心理现象的恰当解释。实验心理学对于像爱情这种传统观念的科学解释，再不是传统文学艺术那种凭借一己的体验去妄加颂扬的模式了，我们依靠数据，而且依靠得到多方验证的数据，这样才能得出符合每个单独的人实际情感面貌的准确结论。换句话说，对于很多心理学家而言，他们不是鱼，但的确知道鱼是否快乐。

下面，你将看到一部小说，该小说有差不多全部的必备元素：人物、场景、情节、高潮、结局。但是，作为一名业余实验心理学家（本人曾有锻工、银行职员、文化公司经理、美国期刊编辑、职业译者和大学教师的经历，但这些都不足以妨碍本人成长为一名业余实验心理学家，也并不能消除本人自创一种不同于古典或学院派实验心理学模型的事实），根据学术道德的基本规范要求，本人立即在此申明：这部小说的实质是一项心理学系列测试，如果你在阅读中途感受到任何程度的不适，或者因为自己私密的情欲世界被揭露出来而羞愧难当或勃然大怒，建议你随时终止测试而跳至其他部分。请记住：上面这段话亦可视为本人法律上的免责声明。

阅读本文过程中，你将不时看到各种测试，这些以问卷形式出现的测试，是要补充和完善本人自创实验心理学模型所需之数据，但更重要的是，它们也是了解你自己真实情感本质的客观资料。将各问卷号及按照序号得出的选项发送至本人邮箱（bothing@163.com），你将得到百字左右的情感测评结果。无论这个测评结果是否符合你本人意愿，它们都将具有相当高的可信度，供你在爱情体验中不时参考。

下面是问卷 1.

问卷 1 ：爱情

下面是10条关于爱情的陈述或描述，请按顺序号做出相应选择（1.是；2.不是；3.不知道），并请记录下来。请记住，以后所有问卷的答题选择皆相同，即只有下面三项选择：1.是；2.不是；3.不知道。其他任何选择皆为无效答卷。

1.我有一个妻子/我有一个丈夫。这就是我理解的爱情。

2.无论结婚之前还是之后，只有当我与伴侣之间保持着一定时间间隔的性交，而且至少有一半以上是我感觉到高潮或类似高潮时，我才能体会到爱情的存在。

3.一段妙不可言的乐声从遥远处飘来，落日在西边的天际剧烈地燃烧，像巨大的火盆飘浮在五彩云带之上。微风徐徐，身后传来树叶窸窸窣窣的摩擦声。一个人的影像浮现在我眼前。我已经忘记他/她是谁，但是，此时，爱情两个字闪动在脑海，我有一种欲哭的情绪。我时常产生类似的冲动。

4.两条交尾的狗在巨大的榕树下纠缠了近两个小时，一黑一白，时而扭头对视，时而无望地朝向各自方向路过的行人。我听不到它们喊叫，也没有呻吟，我想前去提供帮助，但更多地想到的是各类的感情，我不知道它们与人类的差别有多大，更不清楚它们此时此刻各自的心情，假如它们也有我所理解的心情。我在莫名的复杂感受中度过了难熬的两个小时。我以前也有过类似的经历。

5.法国大文豪伏尔泰陪同来访的友人登上附近山顶，看见血红的落日悬在远处的大海之上，慢慢地快要下沉到地平线。大自然的壮丽景色和倏然而至的惊悚令他突然双膝着地跪下，闭目合十。俄顷，他艰难地站起身来，转身对着惊讶万分的友人说："至于圣母马利亚，那就让她见鬼去吧！"伏尔泰骂了一辈子的基督教，却对着天地创造者的方向顶礼膜拜，还咒骂耶稣的母亲。我不知道这是什么性质的爱。

6.陈翠华，小饭馆的女老板兼厨娘，一边扣着衬衣纽扣一边追赶一中年卡车司机。嘴里高声叫骂着："老张你个挨千刀的，又拿一百元就打发老娘了。连饭钱都不够你个千刀万剐的！”因为扣子还没完全扣上，她的奶子因为跑动而不时地甩出来一半。

7.头发染成浅黄色的瘦高个子吻了女友，然后扬长而去，留下发痴的那位靠在墙上。

8.已经快凌晨一点，玛丽沐浴完毕，擦干身体后，在头发和鼻翼上喷上一种淡蓝色香水，裸身坐在书房的地毯上。橙红色的灯光极暗，只能依稀辨认出房间里的大致摆设。一首名为*Through the Arbor*的催眠曲以大概只有2dB的频率在播放着。她闭着双目，双臂交叉放在双肩，之后下滑到白皙的乳房上。没有人知道她沐浴后的身体如何从彻底的松弛变得紧张起来，更没有人知道她的脑海里浮动着什么样的画面。音乐周而复始地播放，她身躯摇摆的幅度不断加大。最后她安静下来，对着想象中的男友露出浅浅微笑。

9.他的手伸进她衬衣底下，抚摸着，然后缩回手来，紧紧地搂抱着她。她感觉到他的男根顶在自己的下腹部，在深秋的浅浅寒意中，她感觉到温存和温暖。略带寒意的秋风卷起身后落叶，两个人都没有注意到一轮明亮得罕见的秋月，已然在林子的对面缓缓升起。

大家不要怀疑上述这些描述的目的性和设计精度，也无须费力猜测设计背后的原理或计算模型，更不要浪费时间分析自己已经做出的选择有何实际意义。你们要做的非常简单：看完陈述或描述的第一眼立即凭直觉选择，记录下序号和数字，其他的分析与测评将由本作者来完成。

我非常理解你们当中的一些人希望看到关于爱情的学术解释，这是情有可原和完全正当的要求。由于实验心理学，尤其是本人开创的无损实验心理学已经得到反复验证，与经典或传统的爱情观相比已经有了革命性的变革，你们在以后的日子里会真切地感受到两者之间存在的巨大鸿沟。但是，鉴于比较的方便，我还是耐心为大家提供经典的爱情解释，由此大家会看到，爱情观在人类心理学的发展过程中，已经进展到了何等面目全非的程度。

没有比较便没有鉴别。下面是从《英汉辞海》中选取的关于爱及爱情的最主要的一般定义。作为动词的爱，与本文关系不大，我们只选取当作名词使用的爱。

LOVE

跟所有重要的词语一样，爱（LOVE）这个词亦有它源远流长的词根历史。词根的意义无非两种：一是表明它与人类自身的进化史有密切联系，二是说它在历史中由于各种原因而经历过重大变化。在古英语中，这个词曾经的拼写形式是 lufu，之后演变为 lupa，相近的拉丁词为 lubere，之后演变为 libere。

1. 对一个使人高兴、钦佩或唤起温情柔意、同情、兴趣或仁慈心的人所感到的吸引力、欲望或爱慕。

2.（对所追求的具体或理想事物的）热烈的依恋、热忱或专心。

3. 神对人的慈爱或人对神的崇拜之情。

4. 以性欲为基础的吸引力，或情侣感到的柔情或爱慕。

我们要特别举出西奥多 · 芮克所说的一句话，来说明爱或爱情这个词语在情欲动力学中的特别意义。芮克的原话是："爱情进入性生活……是人类文明道路上的一个进步，其重要性不亚于奴隶解放。"芮克是美国著名的心理学家，也是弗洛伊德最杰出的弟子之一，追随其精神分析学导师三十余年，著述等身，包括最为畅销的《爱与欲》、《神话与罪》

和《恋人之心》。

正如芮克所说的，爱情是人生最重要的经验之一，而人的爱却时常盲目得让人自己也无法理解自己的言行。人们在爱情的旋涡里任由命运牵引而无力自拔，有的痛定思痛而超出情欲自我，更多人沉沦没落，永久迷失在情感的混乱之中。那么，鉴于爱恨交加乃人生常态，我们必然会发出疑问：爱的起源或本质到底是嫉妒、敌意还是同情或慈爱？而对于爱的本质、起源与情感的万千种类，正是情欲动力学所要研究的对象，芮克对于爱情与性的关系的比照，对于我们有振聋发聩的提示效果。

下面是问卷 2，请大家按照前面的提示完成相应选择。

问卷 2：情欲

1. 由于草本植物没有情欲可言，因此，它们的寿命一般都不超过一年，而人是多情欲的动物，因此，很多人可以活到百岁的高寿（王充：“夫草木无欲，寿不逾岁；人多情欲，寿至於百。”）。这是人类观察宇宙世界之后得出的至理名言）。

2. 因为贫贱之故，除了开荒种地收粮，我实在找不出让人产生极大兴趣的任何别的事情可做（孟云卿：“贫贱少情欲，借荒种南陂。”）。这是对情欲的误解。

3. 因为人口越来越多，情欲的尺度越来越大、范围越来越广，因此，人与动物的情欲才区分开来，活动范围也彼此有别（唐甄："天地初辟，有道无德，有治无政，清静渊默，各养其身……运及尧舜，生人日众，情欲日开，不能与鸟兽杂处。"）。这个解释有一定道理。

4. 看见热气蒸腾和色彩悦目的粉蒸肉，我想一次吃三笼。

5. 初次见到《西斯廷圣母》，我为圣母表情中夹杂的忧郁和无奈所震慑。我看见她身上的白色、蓝色和红色，我的视线却并没有被其他斑斓的色彩所淹没，没有丝毫的飘移。我看见圣母脸上焕发出的慈爱之光，因而自觉卑微渺小，我称自己这种从直觉中突然产生的圣洁情感为灵魂的情欲冲动。

6. 每隔十五天，约翰都要在暗室微弱的灯光下对着圣母像用铁链狠狠地抽打自己的后背。后背上呈现不规则的疮痂和红肿。他同时体会到身心两方面的愉悦，尽管他并不清楚到底是心灵的快乐大过肉体的快感还是相反。这是一种罕见的情欲，但仍然是情欲。

7. 作为女性，看到埃菲尔铁塔、圣彼得大教堂、上海东方明珠高塔或类似建筑时，我时常禁不住联想到一根巨大的阴茎。

8. 我曾经因病服用过一种药物，虽然不记得药名了，可是，那种药物导致的奇妙感受令我至今难忘。那是一个阳光灿烂的中午，服药过后约半个小时，一股强烈得不可抑制的性冲动在我的体内突然产生，这种生理的反应绝不容怀疑，因为我明显感觉到心跳加快且坐立不安。我渴望拥抱，我渴望接吻，我渴望抚摸，可是，脑海里却并没有任何一个特定的对象。不久之后，这股冲动像潮水一样慢慢消退，随之，一种像一夜安睡之后特别清新的早晨一样的愉悦感充溢我的内心，我从来没有那么强烈地产生继续活下去的美妙感觉，从来没有觉得眼前同样的这个世界竟然那么值得留恋。再之后，我的身体有腾空而起、离地飞翔的知觉，跟我以前多次在梦中体验到的一模一样。

9. “爱情给人安慰，像雨后的阳光，而淫欲却如同阳光后的暴风雨。”我知道莎士比亚这句话的大概意思，但经常无法区分哪是他说的爱情，哪是他说的淫欲。它们经常混杂在一起，就好像我时常看到的太阳雨。

10. 自从第一次做爱以来，我想与陌生人做爱的冲动，远远强烈于跟已经熟悉或者相爱的人做爱的冲动，我知道这一定存在什么问题，但到底是什么问题我并不清楚。

至此，我们已经完成了情欲动力学中最重要的两个基本概念的测试，无论你得到的选项如何，我都要恭喜你。既然你已经读到这里而且无论是否完成测试（这些测试以及后续的很多类似测试可以在阅读的同时或者以后再完成，但是，我们推荐你在阅读的同时当即完成，这样可以提高测评的准确度)，都说明你已经具备相当强的心理承受能力，能够对抗比如反感、厌恶、恶心甚至憎恶等心理动量的强烈冲击。

更重要的是，亲爱的读者，我凭借多年实验心理学研究的经验可以据此判断：你已经具备相当高的教育水平和必要的心理素质，将有相当大能力接受即将看到的数目众多的其他测试，你已经展示出来的理性将能轻松地理解本作者将要揭示出来的人类情欲所延伸的无法想象的深度与广度，并在此基础上体会到真正的爱情和爱情给人带来的奇妙的感受。

毋庸置疑，在上述两个问卷中，你会感觉到明显的矛盾。一是问卷 1 中的很多选项，似乎与问卷 2 中的选项并无区别，或者十分类似；二是其中的一些陈述，并没有或者不能准确解释我对爱情与情欲的通常理解。对此，亲爱的读者，你大可不必担心或忧虑，之所以会出现上述情形，一是作者精心设计的结果，二是我们在此所说的情欲动力学，不同于我们已知的实验心理学中的任何一个流派。如果大家听从我的劝告，耐心地阅读并完成后续的各项测试，你将明白情欲动力学的基本原理和它所依据的令人信服的实验结果。

不过，为使大家明白情欲动力学对我们个人情感生活的重要意义，但又不使大家感觉枯燥无聊，我将在下面用简洁得无法再简洁的篇幅，说明情欲动力学的产生背景或简史。

如果你是一位唯物主义者，那你一定听说过德国一位犹太人卡尔·马克思的理论。马克思说：世界是物质的，物质是运动的，物质运动是有规律的。对他的这个理论最简要的说明是：世界是物质的，那就不是精神的，也不是分别有精神和物质两个来源。这个世界是纯粹物质的。物质是运动的，就是说，运动的是物质本身，而不是人的思想。物质运动是有规律的，即指无论有否人类，也无论在宇宙的哪一个角落，这个物质世界的运动一直都是有规律的。

据此，马克思推论：人类社会是物质的，人类社会是运动的，人类社会运动是有规律的。这个推论的实际意义是：人类社会是一项历史事实，而且人类结成的社会一直是发展运动的，这种运动是从简单到复杂，从低级到高级的，从原始社会一直会发展到共产主义社会。

由于世界和人类社会本质是物质的，运动的，而且是有规律的，这就必然涉及动力学。物质运动的动力学易于解释，因为运动是物质的本质属性（宇宙并不存在绝对静止的物质），而处于不断运动发展状态的人类社会，其背后的推动力就是阶级斗争。

至于人类社会为何一定是从简单到复杂，从低级到高级，从原始社会到共产主义社会，而不能进行相反的解释，这不是马克思关心的话题，也不是本情欲动力学关心的事项。

既然人类社会的推动力是阶级斗争，那么，组成人类社会的单个的人，其背后的推动力又是什么呢？马克思的理论提出大概五十年后，在奥地利的另一位犹太人西格蒙德·弗洛伊德提出了精神分析学。简单而言，弗洛伊德得出的结论是：人生的基本推动力是性欲的满足。

对此，大家一定有万千的问题想要问。亲爱的读者，请暂时克制我们的好奇，并请忍耐少许的学术枯燥，你们绝大部分的疑问，将在后面的叙述中得到解答。请大家做好准备，我们即将进入神秘而奇幻的情欲动力学世界。

2.诺冰娜

如果你想就爱情说上几句有意义的话，或者是能让自己信服的话，亲爱的读者，你实际的诉求是想要进入自己真实可信的情感世界。为了帮助大家实现这个愿望，让我们暂时忘记情欲动力学，听我讲述下面这个真实故事。

20 世纪 80 年代末期，准确说是 1986 年，美国斯坦福大学心理学系有一位名叫诺冰娜·贝尔娅的三十一岁博士生，研究方向为实验心理学。她从二十七岁起就在这里就读，已经确定的博士论文题目为：《子宫与解脱：论人类精神自由的生理屏障》。除了少量助学金之外，诺冰娜并没有固定的收入来源，因此必须依靠在邻近地区精神病诊所充当有补贴的实习生来完成学业，当然，她的论文也需要从这个工作中获取一手的研究数据。美国法律对病患隐私有严格的保护条款和措施，她能够找到的实习机会和观察对象全凭机遇，加之该论文题目涉及的调研范围十分广泛且论题颇具独创性，所以，四年过去，尽管基础课程已经完毕，她的论文仍停留在提纲阶段。

这年秋天，在一次校园舞会上，诺冰娜结识了来自中国北京某所大学的周姓物理学教授，两人结识的详细过程，诺冰娜在她后来的小说《雨滴》的草稿中有详尽描述。大意是说：作为公费访问学者的周教授不仅是第一次到斯坦福，而且是第一次造访美国。已经有了家室的周教授很不适应斯坦福的生活，加之对家人的思念与日俱增，到第三个月的时候，他已经觉得度日如年了。那时候，从来没有到过中国的诺冰娜却对长相周正、穿戴整齐的周教授倍感好奇，两人相识不久便混得很熟了，到了几乎无话不谈、惺惺相惜的程度。

这天午后，诺冰娜接到周教授电话，邀请她晚上去他寓所共进晚餐。那是诺冰娜第一次吃中国饺子，在一杯接一杯的葡萄酒的中间不时地夹上一筷子饺子，在她看来是神奇无比又浪漫得惊人的情景。周教授虽然是学物理的，英语讲得呆板，却是她半听半猜完全能够弄明白的。两人的话题，从中国文化的衣食住行，到诺冰娜私人历史的大致描述，到中美男女的性格比较，最后发展到了无禁区的随意闲扯。这期间（据诺冰娜在《雨滴》中的描述），周教授出于好奇，竟然问到了她性生活中的一些细节。说着说着，不知是哪一方的头脑被葡萄酒征服，或者双方同时被葡萄酒弄得欲火攻心，抑或是因为双方直勾勾的目视而松懈，两个人在周教授的单人床上度过了那个细节已经记不太清楚的夜晚。

此后的半年内，他们不定期地在周的寓所幽会，有时候也会去邻近的宾馆过夜。大概有三次，他们一起在周末去了郊外的山间，除了欣赏美丽的自然景色外，还相互体验了对方的身体魅力。总而言之，这场由猪肉饺子和加州葡萄酒引发的、被诺冰娜在小说中称为爱情的相遇、相交，在周教授为期九个月的访学结束时便结束了，至少在周教授那边是如此。

可能周教授对自己实际的生活状况缺乏真实具体的描述，也有可能是诺冰娜的一厢情愿，对于周教授回国后没有一封书信寄来，偶尔的一两次几分钟的电话也显出态度的冷淡和明显的敷衍，诺冰娜报以最大同情和理解，认为他一定有充足的理由或者不便详告的什么原因迫使他如此应付。具体的原因，《雨滴》并没有提及（由于后面将要提及的细节，《雨滴》本身并没有写完），但是，诺冰娜显然也不情愿在缺乏明确解释的情况下倏然终结这段情事。

美国大学对博士一般不设年限，即我们所说的宽进严出，什么时候完成毕业论文并通过答辩委员会的资格审查和答辩过程，什么时候才能毕业。在周教授终于无法接听她打来的电话（可能他更换了办公室或者电话）之后，诺冰娜终于决定亲自去一趟北京某大学。

可想而知，她没有见到她想见到的人。周教授像是人间蒸发一样不见踪迹，其中的可能性我们不便猜测，也没有猜测的必要。常识告诉我们，一个人若是想要回避另外一个人，他可以想出来上千条办法，而且都易于做到。

在北京和周边景区疯转了一个星期后，诺冰娜通过在斯坦福认识的另外一位访学学者，得知湖北一所高校需要外文教师的消息，因而很快在这所大学外语系谋到了一份为期十八个月的教职。在这期间，就发生了我们将在下文中详细描述的另一个故事。

该故事以中篇小说的形式，已于三十年前发表于《花城》1991 年 4 月号上，当时的小说名为《别哭，Robin !》。大家很快将在后面看到这个以实验心理学实验标本样式呈现出来的原文，标有编号。编号的前后，会有针对该标本的必要提示、解释以及问卷，这样，我们就可以借以测评诸位对于爱情所涉的三大要素的实际理解，即情感、情欲与情操。

继续展开关于情欲动力学的讨论之前，让我们先来了解一下什么是故事，在随后的章节里，我们会说一说故事与叙述、叙述与真实、真实与记忆等问题。弄清楚这些问题，不仅是情欲动力学之必需，也是我们了解自己真实情感世界不可缺少的重要环节。

很显然，关于我们真实的情感，除开动物本能告知我们的以外，有很大一部分来自各式各样的故事，这些故事由不同的人讲出来，因此从叙述的角度看，故事就有我、你、他

（们）的区别，就是我们常言的第一人称、第二人称和第三人称。

绝大部分的故事以教育的形式表现出来（就是不同的教师告知我们的所谓知识），也就是第三人称形式。第三人称也是我们日常生活语言中使用最多的一种，其益处或便利在于，以这个人称讲述出来的故事、传授的知识或者介绍给我们的背景，全都以无所不知的角度呈现在我们面前，不受空间或时间的限制，因此也被称为上帝视角。由于一个人，任何一个人，都不可能知晓这个世界发生的一切，哪怕是个人生活中发生的一切，这个人称的缺陷也显而易见，即其中的很大一部分属于想象甚或编造，并不能全信。我们阅读以这种人称呈现出来的材料时，时常会，而且也应该打上问号。试比较下列以第三人称形式呈现出来的文字，我们会从中看出这种人称的优缺点：

1. 他反复强调吸烟致癌。

2. 绝大多数烟草公司公开宣称吸烟有害健康。

3. 张三匆匆钻进玉米地里，半个小时后又慌里慌张地跑了出来，从青纱帐的缝隙里，依稀可见一个穿碎花蓝布上衣的妇女的身影。

4. 有报道称，在第一次世界大战与第二次世界大战之间，一共有大小规模不等的 3,685 场战事在零星地进行着。

5. 一切寒武纪的和志留纪的三叶虫类（trilobites）都是从某一种甲壳动物传下来的，这种甲壳类一定远在寒武纪以前就已存在了，并且和任何既知的动物可能都大不同。某些最古的动物，如鹦鹉螺（Nautilus）、海豆芽（Lingula）等，与现存物种并没有多大差异；按照我们的学说，这些古老的物种不能被假定是其后出现的同群的一切物种的原始祖先，因为它们不具有任何的中间性状。

6. 天完全黑下来，淅淅沥沥的小雨浇在梧桐树叶上发出细小的摩挲声。大门并没有锁上，客厅里播放着《玫瑰花瓣》，友人从印度寄来的檀香在缓缓闷烧，和着音乐的节奏在浴室角落里缭绕，不时变换着奇妙的形状。玛丽娅正在浴室里搓洗白皙的乳房，听到催眠曲的间隙里传来似乎是敲门的声音……

在第一个例子中，我们看到一句第三人称的陈述。我们现在知道：吸烟致癌已经是不可信的伪科学，因为人们无法用病理学的手段证明此陈述的有效性，因此这句话只有统计学意义而不能成为起诉烟草公司的理由或病理学证据。而在第二条陈述里，我们看到的是真正的科学，因为有足够数量的证据可以证明吸烟有害健康。至此，我们可以判定，第三人称有的可信，有的不可信。

在第三个例子中，作者呈现的是一个完全有可能发生的场景，然而，对于这场景的实际意义，却没有人能够加以判定。常识让我们觉得这可能是一场偷情或者野合，但是，张三也可能只是递了一张重要的纸条给那妇女，或者是其他任何事情。对于此场景的解释，可以决定我们各自的情感、情欲或者情操的一般趋向。

第四个例子涉及人的理性程度，或所具备的常识多寡。比如，有两个重要概念让我们无法确定陈述中具体数字的真假。一，什么是战事，很难确切定义。二，能够成功统计这个数字的机构的权威性应当受到质疑。同样，在情欲动力学的诸多分析中，如果涉及第三人称的分析或解释，同样要求我们每一位读者运用自己的判断力即常识加以判定，而不能因为所谓学科的严谨而使自己的实际情感描述有所局限。

第五个例子是最为常见的知识型第三人称陈述。尽管我们当中有很多人并不完全接受作为一种信仰的整体的进化论思想，但对于达尔文《物种起源》一书中提及的这一段话，却不知道如何应对。除非我们的专业碰巧是地质学或生物学，否则我们对此的理性选择是保持沉默，或存而不论。令人嗟叹不已的是，在现今世界，各个门类的学科如此快速地扩充和细化，以至于我们每个人都差不多成了自己熟知的学科之外的其他所有学科的科盲。

第六个例子，相信九成以上的读者都十分熟悉了，这是最典型的第三人称文学描述样式。根据描述中已经提供的信息，玛丽娅是在等候依约而来的情人，这估计是绝大多数读者的基本判断，也是此段文字的作者明显的意图和指向。

然而，如果我们了解情欲动力学的基本原理，如果现代叙事艺术的精髓能够为中国读者所吸纳，我们会惊奇地发现：依照我们内心里情感、情欲与情操所占比重的大小，省略号后面的结局完全可以是不同的，其可能发生的结局几乎就是一个无穷大的数目。

再说第二人称。直呼“你”或“你们”的文学作品，我们在诗歌中见得最多，如果我们还记得自己曾经收到过的情书，就一定熟悉这一人称对于我们情感的操纵或鼓动作用。哪怕是一篇声讨我们的檄文，哪怕是对我们发出的死亡威胁，以这一人称形成的文字，仍然会以显明的口气焕发出我们内心里万千复杂的感受，而这些感受的性质，同样可以决定我们在情欲动力学的三大元素即情感、情欲与情操中的比重大小。无论是文笔优美的炽热文字，还是措辞严厉的声讨与谩骂，我们在接触这些文字时产生的情感波动，一定会在很大程度上扭曲我们原来对自身的了解或所持的信念，而这正好也是绝大多数以第二人称书写的写书人选用此种人称的主要目的。

最麻烦的就是第一人称。在我们继续谈论这个人称之前，请大家阅读标本 1（为方便辨识，所有标本段落的首句和尾句都将使用黑体字以示区别，并另外加注 [标本始][标

本终])。请记住以下问题，然后阅读标本 1。

1. 私人信件中的“你”或“你们”有多大可信度？

2. 标本中的“你”或“你们”与作为书信作者的“我”的真实关系大概是怎样的？

3. 根据我们的直觉，这封书信的目的何在？

4. 这封书信中所描述的事物或事情，有哪些是我们可以信以为真，有哪些是情绪泛滥的结果，还有哪些是不合情理的？

5. 书信作者想要诉诸收信人的是哪一种情绪：情感、情欲还是情操？

以下为标本 1。

[标本1始]

28/11/1990

2838信箱

斯坦福大学

斯坦福市，加州

94305

亲爱的郑夫：

同样的寒风吹来，掠过圣弗兰西斯科闪烁的夜灯，掠过金门大桥上的铁索，掠过桌上快要变凉的牛奶，掠过我蓬乱的头发，而你在哪里，此刻？

以你最充沛发达的想象力又怎能看到，在俯瞰这冷漠城市和无情吊桥的山顶上我已崩溃到何种程度？困极了，劳累过度，一天伏案十四到十六个小时赶写这Dracula一样不断吸走我血液的论文，还得面对惨白的灯光准备诊所里的咨询回复，还得预想明天的诊所里被幻觉、性混乱、控制、固执、财产纠纷、器官崇拜和自我折磨弄得面目全非的人们尖锐而病态的问题以及刻薄的刁难。还有 Boss总不满意的怒容。回到这里，我时常坐在椅子里，木然呆视《魔鬼与蝗虫》，想到人类有意义的生活时代已经结束在《圣塞弗尔天启书》的原稿里，先于阿尔的太阳照耀在上个世纪一个画家的头上，或其他什么流萤扫过我的脑际，一阵阵送来睡意，我的空洞的泪就时常滚入我手里握着的牛奶杯里——那是我今天有时间和心情消受的唯一食品。

亲爱的斯迪维，你无法想象我多么想念你，多么怀念那些已一去不复返的时光——笑声、拥抱、我的舌尖在你的牙床上、无休止的长谈、郊游、爱抚……一切，甚至争吵，甚至斗气，甚至在厨房里煮面条！

八月份给你写了一封信，怕你地址有变我请毛子转交，你知道这件事吗？后来，九月又一封。

每次寄出信二十天后，我就开始等啊，等啊，等。我像是听见你独特而富于新意但也总是前后不连贯的语调和措辞——在你两三句话里有时候竟包括诺丁汉郡的乡间土语、生硬刻板的外交辞令、惠特曼时代尚且庄重的美国流行语和“时报广场”窃贼的切口，而且无一例外，每隔三五句你就会出现一个神秘的语法错误，这其中多半是时态的混乱，留下我在匆匆忙忙的追寻中想象你词汇庞杂的来源，就像你方方正正的头脑里不知装着些什么古怪念头，这令人永远着迷。还有，你那厚实有弹性的嗓音！知道吗，你适合吹小号，斯迪维，你男人品质的一大部分不是曾给予了我无限快乐的三角肌、臀大肌、肱三头肌和缝匠肌，也不是你心脏强劲搏动的胸膛——尽管它曾让我享受了没有梦魇、东湖一样平静的睡眠。不，除开你日新月异的可爱脑袋外，你迷乱的嗓音一次次静电波一样触及我女性的每一个接收器和传导器，那种舌头的弹性运动在男性气流的磅礴呼、吸下演奏出人间最美妙的声波，euphoria， music， Robyn， cosmopolitanism and eureka！

你可以说兰波对鞋子的爱欲是文明发展的歧途，但你无法将我对你的感情解释为嗓音欲或嗓音癖，因为这里面有真正的爱情，有我凭借稍长你几岁的人生经验形成的对于同伴的渴求。

我等啊等啊，等，可那些不可救药的倾吐，那阵阵无望的呓语竟像送往外星的勾股信号，应有回答而至今没有消息。

回到美国，首先回斯坦福，可那是些什么样的日子？在斯坦福医学院图书馆漫长而孤独的夜晚，在图书馆空空如也、阒无一人时，当我伏案默读时，当那位上了年纪、同样孤独的夜班馆员埋头于书中从不抬头时，我好像最容易感受到一股弥漫于四周的失落。就像一阵冰冷刺骨的寒风，失落感纵贯全身。风中似乎夹杂着一片秋叶，后来又有一片，接着，在我子夜时分走出如今一片漆黑的图书市时，寒风果然早已刮来。几点寂寥的金黄色灯火从各个不同的实验室里闪现出来，视线里没有一个人影，这时，我就想起你，想起了那些没有压力的时光。

为什么不写信呢？我们之间的症结何在？是什么阻隔了我们，使我们在一切形式的交流中残酷地彼此折磨？

你不能否认，正如我无法理解，在你们东方人的头脑中，个人的幸福竟然同国家的命运如此紧密、如此怪诞地联系在一起。可你得明白，中国的落后不是你郑夫的过错，正如美国的物质泛滥不是我诺冰娜的功劳一样，为什么你要把种族间现时的差异强行转嫁于我们的私人交往呢？尊严是什么？尊严是自信，是责任心，是对人的关怀。这不是人种的优劣而是人为的自卑，是上帝暂时的秩序安排。退一万步说，难道我对你彻头彻尾的爱恋永远无法越过这仅存在于你头脑中的屏障而没有任何别的选择？我十分明白你这些思想形成的原因，事实上，你独有的敏感和对人深刻的体贴在那些不眠的夜晚停不住的长谈中已随你疲惫的音节进入了我的内心，你克服自己脑海中重重阴影的束缚用爽朗的笑声带给我快乐的种种努力使我至今感激涕零。但是，你得改变，你得像扔弃废物一样扔掉那些敏感的触须，那些复仇的恶念，那些阻止你用青春的肉体尽情体味人生乐处的种种糊涂概念，否则，你会被自己毁坏，你会在现实接连不断的打击下变得愤世嫉俗、一蹶不振。

想想看，斯迪维，我们在那个冬夜的聚会，在405室！天那么冷，我浑身裹得严严实实，实际上，如果没有出宾馆前你长久的拥抱，我担心冒那么大的寒风去研究生楼会要了我的命。记得Junpei在写信，或假装在写信；Zofen 一身藏青色高高兴兴地走了进来，他穿那件漂亮的皮夹克衫显得十分英俊，我记得你给我看的克鲁亚克的一张照片就是那个样子的（顺便说一句，克鲁亚克的读法应该是“kearouak”，你读错了）；Kun一直说个没完，而且，我想，他十分激动，坐立不安的样子，仿佛很窘困，至今我仍不知为什么。很快，别的人一个接一个地进来了，床上和小凳子上坐满了人。Hupin进来了（他是我拥有过的最好的学生之一，也是我最想与之进一步交往的人之一），Zoguo和他最可爱的寝室同伴Suwang 也进来了。我还知道，Zhangxu 也在那儿（我对他在场总是十分敏感）。Lijin在场吗？我想他的女友也在那儿待了一会儿。屋子里冷得很，但又暖融融的（一个奇怪的荒谬！），偶尔开门时带进来的冷风马上就被屋子里高涨的温暖（心理上的）吞没了。我觉得，中国人真正的心理空间里是无穷的热情和温暖，那天晚上，这样的情绪像潮水一样冲刷着我的心田。我总觉得，中国人似乎真的在用看得见、摸得着的安全感、温暖和踏实劲填充这个愈来愈空洞的世界，他们给人的是一种上进的，而不是令人颓丧或其他的某种情绪。我从未真正被人爱过，也从未有过那样实在的踏实感，或者叫稳定或沉着，或者叫满足，直到我来到中国，直到我认识了中国人。我的遗憾（许多中的一个）是，我永远不能像你们一样作为一个中国人分享其中的紧密感和团结精神。我永远也得不到它们，我毕竟不能变成中国人。

可上帝啊，我说这些究竟为了什么？为说服你摆脱困境？还是证明我有比你更强的适应环境的能力？不，不是这些。我不愿让我自己的暗淡生活增添你的烦恼。

眼下，我跟凯文·马修斯间歇同居。我已弹尽粮绝，可我得交学费，得动手术，得生活。回到美国我才发现我弟弟已带着老婆孩子去了阿富汗，带走了父母留下的全部值钱的东西。凯文是《基督教科学箴言报》的文艺副刊编辑，他待我很不错，答应下个月带我去法国做颅内肿瘤切除术，还在想办法出版我的《雨滴》系列。可是，我无法排除这种寄人篱下的孤独，事实上我也的确是条寄生虫，而他是富有的寄生体，但这不是生活，而是活命，更糟的是，他是个性无能的色情狂，还有个魔鬼一样追寻他的凶狠老婆。

我怀念那个冬天的夜晚（我们大家一起谈了些什么实在无关紧要，关键是其时、其地的紧密感，是和自己熟知的人在一起谈话，就好像那些人是你的一部分的那种亲密感，是你在分享快乐的同时因为对别人有教益而产生的有用感）。我之所以如此看重那种感觉，而且强调再三，是因为现在我已像被人剥光衣服一样夺去了一切。你能想象得出，没有了这些我有多么痛苦吗？当我一页一页地费力赶写博士论文时，我感到周身的血液都被抽光了。事实上，我做了一个很清晰的梦，梦见自己走进了一间黑房子，看见我自己的死尸躺在一口棺材里，我说："诺冰娜在精神上已经死了，可以在法律上判定她为死人了。"

不久前，我为参加一次座谈会，去了一趟华盛顿，在那儿受够了罪，心里空空的，非常需要温暖。我觉得自己就要被失落感和痛苦吞没了。也许，应该用被排斥这个词，我想到了自杀。最后，我决定去医院。在急诊室我等了很久很久，终于忍不住哭了起来，大声地哭，哭了很长时间，周围有很多人，我双手捂着自己的脸，在医院的整整四个小时里，几乎都在不停地抽泣。甚至在医生给我做检查时，我还在使劲哭。我说：“在这可怕的社会里，我已吞下太多的痛苦。”医生们生起气来，要我努力“控制自己”，不要再哭了，可我的眼泪就是止不住。上了出租车，在差不多半夜时分穿过华盛顿回旅馆途中，我一直还哭个没完。出租车司机尽最大努力不理会我，可我止不住。回美国已经差不多三个月了，我从没有像这次觉得如此伤心，如此悲哀，如此想哭个不停。我觉得心灰意冷，孤苦无靠，被周围的一切排斥，就好像我赖以生存的东西——人生中长存不竭的心理食粮 已经被夺走了，从我身边。我祈祷了整个晚上，情愿一死百了。这念头那么轻易地进入了我的头脑，千真万确。人生是一场肮脏的游戏，人们彼此降服，互相吞噬，死不断地向生渗透，一到时辰便将我们一口吞下。“星星碾磨，一粒又一粒，把我们自己的谷子压成骨嶙嶙的瘦脸”，活人所做的一切都是给死亡带来益处，因为死亡的目的是要将我们碾为乌有。

斯迪维，亲爱的斯迪维，别说我没有努力过。我想过忘掉你，用我将心理学置入文学解释的追求，用我搭便车、身无分文地从斯坦福到田纳西到新英格兰到每一个同样闪着霓虹夜灯的城市的疯狂的长途折磨。可我做不到，每到一处我迷蒙的双眼总被撕破黑夜的灯光照得晕眩，我的绝望袒露出来，面对一个我已不再熟悉的美国。跟你日日夜夜的相处，那些回忆如此醒目，如此清晰，就好像它们今晚还会重现。

我们之间究竟是一场命运安排的噩梦还是人生难得的经验？依我现在的情绪无法判断。但那些回忆的内容会成为一个美丽的花环高悬在我的尸骨之上，提醒我曾经有过生命中无怨的享受。

等着我吧，斯迪维，我一定重返中国。你怎能知道你的诺冰娜为何不能像你们中国的嫦娥（就是在风中旅行的那个）一样突然来到你的门前呢？

愿新年带来你对可怜（老迈）的诺冰娜的怀念！但在这一切之前，请一定给我写信。

吻你千次！

诺冰娜·贝尔娅

[标本1终]

3.故事中的故事

前面所列标本 1 是典型的第一人称叙述，里面的“郑夫”“斯迪维”“你”“你们”全都指向同一个叙述对象。一般而言，在三种不同人称指代中，第一人称是最为可信的，除非作者为某种扭曲的情感所控制，或者为达到某一隐秘目的而故意说谎，或者为其自我亦无法知晓的某种身心疾病所控制。

以第一人称向特定的第二人称对象呈送事实陈述，或者发出情感吁求，或者提出控诉，甚至进行涉及第三人称的描绘，一般来说总要有一定的事实为依据，且有明确目的。在第一人称形式里夹杂运用其他两种人称的叙述，不仅是人们日常言语中的基本事实，更重要的是，它们也是争议最多的现代叙述技巧，因为它与我们下面将要说到的故事密切相关。

好了，亲爱的读者，我们现在就触及情欲动力学中的一个核心要素，即故事。关于什么是故事，表面看起来极其简单。所谓故事，无非就是对过去已经、当前正在或未来即将发生的事情的描述。我昨天晚上不小心摔了一跤，碰巧捡到十元钱，这是一个故事。我刚刚有些胃痛，结果发现拉肚子，这也是故事。火箭把人类带去月球或者火星，并且在那里生活五十年，这也是（科幻）故事。麻烦在于：上帝创造了宇宙和人类以及世间万物是故事，佛陀在菩提树下思索七七四十九天悟出佛法是故事，地球上现在约有四十五亿大小不等的桥梁是故事，抗生素能杀死绝大部分沙门氏菌也是故事。简言之，我们一生的绝大部分都是故事，有些记载或刻画在其他事件或物体上，更多的故事发生在梦幻中（只是我们的记忆无法完全记录下来而已）。

人类讲故事，说故事，编故事，也记录故事。汉语的“故事”二字本来只指“已经发生的事情”，但作为一个文学品类，它指过往、现在和将来发生的一切前后相续的事件。到底应当如何讲故事，到底为什么要讲故事，以及如何判断故事的真假，这些问题，对于不读小说，甚至也不爱任何形式的文学的人来说，实在是不用理睬的鸡毛蒜皮，然而，对于我们的实验心理学，尤其是情欲动力学而言，却是非予以高度关注不可的事情，因为实验心理学的一个重要数据来源便是人类讲述的故事以及对于这些故事的准确解读与判断。

20 世纪 90 年代以来，西方文学评论界使用“人生叙事”来代替我们原来所说的故事。用英国作家朱利安 · 巴恩斯在其小说《一种终结的意义》中借故事叙述者韦伯斯特之口所说的就是：

> 我们多么频繁地讲述自己的人生故事？我们多么频繁地调整、修饰和补缀？日子越是往前过，身边能理解我们所说的话的人就越是少，更不会有人提醒：我们所说的生活并不是真正的生活，只不过是对他人讲述的故事。这故事对别人讲，但主要还是对我们自己讲的。

这意思是说，人不仅会对他人讲故事，我们经常自己为自己编故事，也就是说，其中一些是真实的，更多的可能只是出于某种目的的自我安慰，甚至是纯粹想象的产物。因此，故事本身并不能构成情欲动力学的可靠资料，里面必须加上我们对于这些故事真实性的准确判断。

要正确或有效地回答上述有关故事的问题，我们必须直面另一个无法避开的关键概念，即叙述。虽然叙述与讲述并无本质区别，然而，在西方已经高度发达的叙述学中，就叙述的本质和叙述方式展开的学术讨论，已经使其成为判定故事真假的重要标准，而且会使我们关于故事的问题延伸至另一重要概念，即记忆。在此之前，我们先看标本 2，在这个标本之后，通过对于所附问卷的解释，我们可以窥见叙述与记忆的大致情形。

标本2：

[标本2始]

她终于笑了——所有的恩怨尽皆了结，我们扯平了！

睑缘呈弯月形，睫毛锯齿植物般交叉在一起，沉默着，覆闭着她洞穴般深深嵌入眼眶的褐蓝色球体。

我自己的影子跃入她眼睑的背后，她冰凉的瞳孔中央，泪湖泛滥，幻象沸腾，伸手便能真切地触摸到，冷笑也从我自己一系列最为肮脏的脏器中醒来，那冷笑里闪着草坪和闪电的颜色，这时候，当时当地的一切，包括我僵在她面前的躯壳，就只是另一个异性角膜外错乱纷呈的倒影。

我像白昼一样醒着。

自她的班机按时飞往另一个与我无关的国度后，无数的日子早已随风而去，这其间该发生的和尚未发生的虽然偶尔显现在我大概因为情感受挫而产生的焦虑的梦中，但她的故事却悄悄退隐，就好像一件黑亮亮的T恤衫，在汗水和强光的刺激下变得灰白。

但她最后总算是表现出了笑，那来自另一世界的神秘光芒，却盘踞下来，像一条被残忍砍断的蚯蚓，无辜而顽强地抽动在我的回忆里。

我记得，当时在窥探她的，是一个被绝望征服的弱者，从她瞳孔的正中央，我看见一个僵在死寂时光世界里的躯体，一个木然、呆滞，被分裂的自我捣得破碎不全的异物，一双怪诞、漠然，但深藏谋略的，分不清天空、草地和苹果颜色的黑色眼珠——我看见自己被丑陋的概念鞭笞着。

当时，在她视网膜的另一倒影里，还有高悬在南湖机场门厅顶端的大红行书、成排的出租车、三三两两送行的人群和人群上空灰冷的天色。我发现她的碧蓝虹膜不再放射往日那灵气十足、咄咄逼人的异彩，那其间的缝隙突破了血丝的封锁，在她清澈健康的角膜上俨然显出鲤鱼鳃似的结构。我还记得，那一刻，一个一闪即逝的念头，也是一个图景，一个形状极为清晰的单词，像来自身体内部的一阵刺痛，在完全没有任何征兆的情况下猛然出现在我顶枕裂右侧的舌回附近，我清楚地知道那是布罗德曼的第十一和第十八区——这个词是Schizophrenia!

我刚才说过，那个念头——最好说那个单词，只是一闪即逝的思维破损，在很短的一瞬间，那破裂的思维便被一股神秘力量催促着痊愈了，就像那个念头产生的过程。然而后来，有几次因为各种触动我又想起了那个单词，不知道它为什么在那时出现，它的突然来临跟当时的情境有何关系呢？而且，鉴于我仅知道发明这个词的学者的名字，加上我清楚phrenia这个后缀通常表示某种疾病，而且当初并没有专门记忆这个词，那么，是什么力量使我在令人眼花缭乱的局促中猛然忆起这个词的呢？这是些叫人烦闷的谜。记得有天早晨——实际上是凌晨，对，是凌晨，楼下的一只鸡突然奇怪地尖叫一声，没有响应就独自沉入黎明前的暗影里，这使我产生了睡意。我正在看一本非常破旧的书，是一本潮湿得有霉味的线装书，书面的两角不时像狗耳朵一样随意翻卷起来，简直不像话。我关掉台灯，黑夜一下子就进入了房间。风在厨房的破玻璃上摇晃，嘎吱响着。我不喜欢在黑夜独处时意识到自己是独自一人，便想着遥远的一个城市和那里的风光以及一个很要好的朋友入睡了。实际上从我内心闪现出来的一个明确概念，就在入睡时，那个词又出现了，一个接一个，schizophrenia，schizophrenia，schizophrenia……这个着了魔一样的单词近来不时幽灵般出现在我的梦中和日常生活里，成了我额外的痛苦。为什么是这样的呢？我问。

笑意从她的两颊启程，分别向着各自的方向伸展到左右耳轮下沿，剩下的另一部分肌肉运动在颧骨的助托下瘟疫般蔓延至点缀了摄魂雀斑和缺乏足够深度睡眠的黛黑眼窝——人一生能够承受的最严重的伤害和最富理解力的默认，尽在那笑意爬行的一秒钟内。

记得我当时的确躲在她的睑板后窃窃冷笑，因为我深知那是我自己努力的结果。应该说，她的微笑并没有缓缓爬行，准确地说，像一滴墨汁从很高的地方落入盛满清水的盆中，那种迅速消解自身，忙碌地将自己扩散到各个陌生角落的情景是令人心醉和悲痛无言的。自那以后，每当看见微笑，我都会不由自主地想到那个情景，想到这个世界上仍然有操纵别人和躲在灵魂背后嗤嗤冷笑的人们。

然而时过境迁，旭日东升夕阳西下，今天重新对自己在镜中的形象感兴趣时，我想起来，她的笑意分明是镇定、稳实和真心的，就因为我和她之间并不存在一个施予者或受惠者。经过几番生活中的常规磨难，我能回忆得起，她的控制力那时尚未完全消失，她在努力地把握自己的每一根神经，她的灰质皮层上发达的纤维束像操持在上帝的手中一样，思路清晰、敏捷，她周身的感官依旧准确地接收处理着各种来自我的肉体的触碰，眼神、音节和手势甚至模糊姿态的信号，像计算从1到1000之间任何一位数的平方对于一个会速算法的人一样轻松而准确，她的回答也较平日更为明确。相形之下，我却像中了黑寡妇蜘蛛毒一样笨于平常。那时候，灰暗的天空下的万事万物除了声音之外全都变成了鱼眼形环状的漆黑，不再呈现浅灰给人的温和，只有她美丽诚实的微笑像极地弧光一样，照亮我黑暗的内心。

就在那年秋天，也就是她登机朝北纬35度以上飞去时同样的一个秋天的午后，我独自一人在她住过的宾馆后面的樟林掩映的花园里独坐，同样抱着一本愚蠢的破书，怀念那些一去不复返的荒唐日子。就在那天下午，我由于进食很少而饥肠轰鸣，在一种熟悉的晕眩中，我突然理解了为什么她的笑意令人怀疑。

那天午后，樟树窸窣作响，风声淅沥，远处的湖水在屋顶前方掀起层层白色，看不见但清晰可闻，我不喜欢湖是那个样子。我读的那本书实际上是一部破损的蓝皮字典，很久以前从减价书会上买来的，字典名叫《英美十六世纪以来的俏皮话词典》，作者是欧里克·帕特里治，由伦敦斯托尔大街39号的鲁特莱支及科根保尔出版公司出版。翻到第88页时，我读到下面一个词条：

> 何乐而不为：一句俏皮话，可以上溯至大约1950年，用于逗笑某个明显处于尴尬或痛苦境地的人。典出一个在海里游泳被鲨鱼咬住性器的男人呼救时得到的不明真相的玩笑。

这实在算不上什么俏皮话，也没什么好笑的，可她的开心的笑有一次就在我不小心碰破了头皮之后，一边笑一边还拍着她当时还很大的屁股。就这样，那天下午，在樟林下，我饿着肚子解开了一年前的谜团。

事实是怎样的呢？那天在机场候机室里，在她的微笑之后，我更为镇定地搂着那裹在紫罗兰套裙里的猎物。她的栗褐色长发散出科隆香水和一股子疲倦的气味，我明显感到颞叶的穹隆回——我的嗅觉中枢兴奋异常。在她微弱的节律性抽泣中，我从容、准确地感受着来自她右乳的温度，那上面几条墨青色血管藤蔓般爬过我偶尔合上的眼帘。她左下腹上的蝶形胎记、被右边腋窝里的栗色软毛覆盖住的一棵豆状小痣，她夹杂在 Olivetti 打字机清脆的噼啪声中的轻微咳嗽……

诺冰娜，这就是诺冰娜！临出宾馆，携着大箱小包钻入桑塔纳之前，她整个儿沉浸于小资产阶级的忙碌之中，准确、迅速，记得合乎身份和礼貌地向宾馆里每一个熟悉和不十分熟悉的人说再见，热情洋溢，分寸得当，就好像我在那样的时刻出于民族习惯自然而然地产生的某种类似依依不舍的情绪和因之而来的多少有些晦暗的表情都是毫无注意价值的思维活动和痴呆现象。这是一种类似候鸟迁徙的、远征前的兴奋，但这种持续爆发的亢奋不可能维持很久。事实使我坚信，我对她的了解有时还是相当深刻的。

公家的小汽车疾如流萤，学生宿舍、拐弯的斜坡、梧桐树、依山静立的樱园、有着漂亮屋顶的体育馆，那上面的绿色琉璃闪出色泽的丰厚，最后是饱经沧桑的牌坊式校门。

她没有像我预料的那样顾盼车窗外的异乡景色和异族人群，也没有复杂且明显的特殊表情出现在她的任何举动里，但她在揣摩，在试探，在衡量身边这个黄皮肤青年最后的挣扎，这，我想，是毋庸置疑的。不过，在我这方面，无论真正的动机如何，无论那种推测正确到何种程度，在反光镜的斜角上，我看到的东西是准确无疑的——她不期而来的隐蔽的欲火。她的右臂自然地插在我的后背和有波纹的沙发靠背之间，细瘦的手腕轻松地伸入我右边的牛仔裤袋，手指触到我皮肤非常敏感的腹股沟，显著前突的额头也怡然自得地靠在我的左胸上，然而她双腿的姿势泄漏了她的内心。那种我十分熟悉的角度，并在车身的轻微波动中不断改变。她开始不加掩饰地流露出沮丧、忧伤甚至悲切的样子，但实际上，她永无止息的肉欲四处蔓延，在低沉的情绪、暗淡的嗓音和手指不规则的颤抖与触碰中。我此刻是冷静的。我明白自己在反光镜中显出的热情与冷漠的轮换交替近乎卑劣，那种低级的得意，却并不感到有什么非得纠正的，因为她的表现只在很少的场合是发自内心的，她的大多数疯狂也是精打细算的，这我也清楚，因而不会落入其圈套。常言说得好，疯人也不砸自家的窗户哩。

然而，她突然的抽泣却出人意料。她以那样的姿势伏在我身上，她近乎呢喃的话语没有形成让我的耳鼓不费事就能感受得到的可辨声波，我的意思是说，社交性的慵懒使我宁愿让她那种姿势和我得意的心境保持原状，哪怕直至她钻进机舱。她的呢喃细语何时结束，沉默何时开始，我不得而知，依稀觉得有四五个街区的样子。五颜六色的广告、新旧程度和建筑格式及高度各不相同的公司、商店、机关、酒店和公厕依次闪过，这同时，身边这个如今已瘦弱不堪的异族女人，这个学识渊博、多才多艺的教师，这个幽默然而时常在自己制造的邪恶玩笑里不知所措的朋友，在刚过去的一年中留在我脑海里的一幕幕场景书页般翻过我微闭的眼帘——她永远无法探测的一个死角。我没有弄懂她为什么会哭，我的确大吃一惊，倒不是她的哭泣突然改变了方式。她一向讨厌爱哭的人，而我则最厌恶放肆的、不雅观的哭。她沉默的时间到了引人注意的长度，我刚巧需要调整一下坐姿或视线，这样，共同的东西产生了：离别的概念第一次成为我们自昨晚那场激烈的搏斗以来双方共享的思考内容。

“你会怎样想，如果我现在答应同你生活下去？”我这目的不明确的话使双方都吃了一惊。

“没有任何条件？”她没有抬头，但她的最后一个元音流露出一丝不易察觉的激动。

也许这就是目的——让她先激动一下然后劈头盖脸一阵灭火剂似的毁灭她?

说不准我潜意识里早就在构想这种我自己尚无法预测的新生活——那种看准价码一举拍卖自己然后开始的罗曼蒂克?

“不，恰恰相反。一，你永远不回斯坦福，且不得要求与我结婚；其二，我们得远离都市，远离文明，起码在最初的十年内，假如你能活到那时候。”

她没有回答。

她摇头的动作在我胸脯上造成的触动频率说明她是伤心的，她由摇头到轻轻抽泣的转变反映出她的确伤心透顶。但对于她，我一向没有十分准确的把握。

那条件苛刻得连我自己也没有看出明显理由，我惊异于自己临场发挥的能力，应该是把谈判的好手，不过这时机不对，太过分了。

桑塔纳在机场内连续拐了三四个弯，现实在方向的变换中与裸露的天空同时出现。

“瞧，那团乌云，Robyn。”这次我动机清楚。

“是啊，聪明的Stevie、加拉、普拉西迪亚陵庙、灰色的色彩、橙和蓝的结晶。够了吧？”

她准确的记忆一向让我着魔，但这次是因为她坦然的接受，她聪明的宽容。我的话音刚落，她便破涕为笑了

我猜想这笑的出现不是她对我巧妙转移话题的欣赏——她太熟悉这套把戏了。多半是因为可能她自己也不愿以别的任何方式结束刚才那个双方都在尽力避开的话题。

12点40分，检票开始。

我将她的大旅行箱拎到候机室与停机坪交接处的检查通道入口，转过身，望着她。

她的表情中有明显的羞涩成分，这使我十分奇怪。但没有时间了。我抱紧她，算作告别仪式，也算作对我一年多来

的生活的总结。

她费力地踮起脚后跟，她的双唇奋力地贴紧了我的。我尽力鼓起勇气不让她失望。国人的眼睛利剑般刺来，我觉得浑身笨重无比，像台重型机床，汗水渗了出来。

“再见，Robyn，”我小心地推开她，“再见。但愿能再次相逢。”我用了异常的声调和重音强调“再次”二字，感到所有的仇恨得到了发泄——我们终于平等了！

她转过身去之前说：“一切结束都不是结束。”然后加入了检票的人流，最后转过去的那半边脸上残留着凄惨哀婉的笑意。她瘦弱的身体顷刻间淹没在通道的拥挤里，她那稻草般的影子。

我想刚才那句话是我有生以来最愚蠢和最不人道的别辞。**[标本2终]**

标本 2 似乎的确是讲了一个故事：一名学生送老师去机场，吻别。完毕。

如果非得按照叙述学的要求具体地描述这个故事，则可以列出如下几点：

1. 她微笑。

2. “我”冷笑。

3. “我”看到南湖机场、很多出租车、人群和天空。

4. “我”嗅出她身上的香水与体味。

5.“我”在车上贴近她，感受到她右乳传来的体温。

6. 她抽泣。

7. 两人的简单对话。

8. 机场检票处尴尬的拥抱和接吻。

9. 她的身影消失在登机口对面。

10.“我”脑海中涌现的杂乱画面与心理活动。

在我们继续讨论故事与叙述之前，请大家先完成下面跟标本 2 相关的问卷。

问卷 3：

1. 这个第一人称叙述者的叙述基本客观。

2. 这个第一人称叙述者的叙述并没有受到其复杂心理因素的影响。

3. 这个第一人称叙述者对沿途所见事物的描述基本客观。

4. 这个第一人称叙述者所描述的时间，并不局限于送别过程。

5. 这个第一人称叙述者所描述的时间与空间与其心理活动大致重合。

6. 这一男一女的师生关系远超平常概念中的彼此投缘，

或合拍。

7. 这一男一女曾发生不止几次的性关系。

8. 这一男一女之间似乎存在不止于性别之差或普通情感纠葛的冲突。

9. 叙述者有严重的心理扭曲痕迹，他的叙述主观成分远大于客观描述。

10. 叙述者使用的准确的解剖学词汇，只不过是掩盖其扭曲事实真相的企图。

由问卷 3 可以看出，在浩如烟海、繁杂纷乱的各类故事中，无论是以第一人称、第二人称、第三人称或多种人称混杂的视角叙述出来的故事，要想从中提取可靠的信息，那是多么困难的事情，因为需要排除的干扰因素不计其数。我们再举一例，看看夹杂在事实中的故事会如何被无法判定其真假的其他元素所干扰。

美国犹太裔作家菲利普 · 罗斯在《欲望教授》中讲述了一位犹太裔文学教授戴维 · 凯普什的情欲故事。凯普什在课堂上跟学生讲述捷克犹太裔作家卡夫卡的情欲故事，关于卡夫卡情欲故事的梗概如下：

1954 年，卡夫卡去世三十年后，在卡夫卡故乡布拉格建立的卡夫卡博物馆为接待越来越多的国际友人而突然增加了一位特别讲解员和咨询项目。这位讲解员自称多娜，而且公开宣称专门负责回答卡夫卡私密情欲生活的一切问题。为什么她有这一项特权和资格呢？多娜说理由很简单，她本人就是卡夫卡不时秘密造访的众多暗娼之一。

作为世界卡夫卡研究专家之一的凯普什教授得知消息后，立即安排了前往布拉格的行程并顺利见到了讲解员多娜本人。据凯普什描述，他见到的多娜已经是六十五岁的老妇，岁月早已经在她额头和双鬓留下该有的刻痕，然而隔开十米之外，人们根本无法判断她的实际年龄，因为她的身材和不俗的穿着打扮具有相当大的误导效果。

这天，在博物馆咖啡厅靠窗户的一个角落里，受到邀请的多娜与凯普什教授就卡夫卡的情欲生活进一步深谈。她提到了凯普什教授从未了解到的一些惊人事实.

《变形记》发表于1915年《白色书刊》10月号上，其年卡夫卡三十二岁，但该中篇小说早在三年之前卡夫卡二十九岁那年即已完成。《变形记》为世人所记住的，正是故事中描述的那只悲惨可怜的甲虫。在一只翻过身去便无法轻易倒转身体的甲虫眼里，世界上的一切都是倒悬的。这位变成了甲虫的推销员最终为整个世界和最亲密的家人所抛弃，这是世人所能理解，也由此生发同情心的重要原因。但世人不知道的是，作为与法国作家马塞尔·普鲁斯特、爱尔兰作家詹姆斯·乔伊斯并称为现代主义文学先驱和大师的卡夫卡，他故事中的甲虫其实是其性生活的真实写照而非超凡的文学加工。

多娜进一步解释说，在她与卡夫卡的约五十次性交中，卡夫卡没有一次是取上位的，即是说，他永远只能仰躺在床上，由多娜扑在他的下体上完成每一次的性交，实际也就是口交。他们曾经做过各式各样的尝试，希望能够有所变化，包括让多娜更换不同的服饰，扮演不同的人物角色，涂抹不同的化妆品，使用他们能够找到的各式香水，采取人体生理曲度能够容忍或人体工程学能够完成的各样姿势，可惜没有一次成功的。他们之间唯一的变化是，在百分之十的情况下，卡夫卡在接受多娜口交的同时也为多娜口交。

多娜接着说，由于两人亲密无间，无话不谈，卡夫卡亲口对多娜承认说，他每隔一段时期便会产生无法抑制的狂躁情绪，而缓解狂躁症的唯一办法，便是他在黑暗的房间里仰躺在卧室地板上疯狂地手淫。

凯普什教授是一位文学专家，对多娜所述坚信不疑，并且主动为多娜提供了多娜本人不知道但凯普什作为卡夫卡研究专家熟知的基本事实，这些事实显然能够解释多娜提供的关于卡夫卡私人情欲的真实状况。

1914 年 6 月 10 日，卡夫卡在柏林与费莉丝·鲍尔订婚，7 月 2 日解除婚约，前后仅只三星期。

三年之后，1917 年 7 月，卡夫卡与费莉丝再度订婚，12 月在布拉格与费莉丝再度解除婚约。

1919 年夏天，卡夫卡与尤莉 · 沃里采克订婚，次年 9 月解除婚约。

1923 年 9 月底，与朵拉 · 迪阿曼特同居。

1924 年，卡夫卡肺结核病情恶化，同年 6 月 3 日去世，葬于布拉格，享年四十一岁。

在提供了上述基本事实并且在与多娜前后几天长达十八小时的谈话后，多娜终于为凯普什教授的职业精神和虔诚的研究态度所打动，决定亲自带他回到自己的卧室，并且在多娜指示下，两人实际演示了卡夫卡当年的床上窘境。

为学生介绍了自己的布拉格之行以后，凯普什教授随即就人类情欲的构成及其对推动文明进步的作用发表了长达整整一个半小时的长篇演讲（演讲内容略）。

上述故事，是本人为测试故事，尤其是含有耸人听闻奇特内容的故事对听众判断力的影响而在一个微信小群中讲述的。饱读诗书且四海游历的群友之一向吉贤先生对此做出下列回复：

> 斯兄所言，确有其事？
>
> 2012年，本人怀着对卡夫卡的极大敬意，曾亲往布拉格的卡夫卡博物馆虔诚拜谒。在卡夫卡的故乡，我亲眼看见热爱他的当地人为他在一处断垣残壁上绘制的画像。画像深埋于草地之下，卡夫卡只

露出半边脸和一只眼睛。黑白相间的卡夫卡头像尽管头发梳理整齐，从他露出的那只眼里，慕名而来的访客看到的，却只是那种万般无奈和含有一丝惊恐的表情。

在博物馆门前，两个用铸铁牢牢焊接在一起的巨大的黑色K字，高达两米，在褐红屋瓦的映衬下，似乎在向那个曾经使他对那个世界产生无限厌恶的过去哭诉着种种难以言表的内心隐秘，同时又如同任何一种浓度的氧元素也无法腐蚀掉的铁证，证实这样一位在自设的牢笼里写出震惊世界的文字的灵魂所发出的熠熠生辉的、持久的人性光芒。

我也战战兢兢地进入那没有一扇窗户的博物馆里面，满屋黑色的底衬不由得让人想起但丁笔下的炼狱，顿生一种强烈的幽闭恐惧。木制的楼梯踏板上装有发出暗红色光芒的饰灯，不啻缓缓闷烧着的地狱之火。在那坟墓一样的窠臼里，正当英年的卡夫卡如何描绘和陈述他内心的黑暗，又如何将这无法消除的心灵黑暗投射到布拉格的天空和在那天空之外绵延不绝的捷克历史中，除了惊讶之外，我实在无法给予更多的言说。

可是，在布拉格，明明有一直流淌着的伏尔塔瓦河，明明有众多蜚声国际的哥特式宏伟建筑，明明有流布至今的波希米亚精神，明明有万千阳光灿烂的日子，明明有在他前后相继登场的莫扎特、德沃夏克、里尔克、昆德拉和哈维尔这些闪耀的群星，为何在卡夫卡这位才华横溢的作家笔下，布拉格和整个人类世界竟然变成了幽暗失色的牢笼？

已经忘记是谁说了这句话，可是，我竟然就永久地记住了：我们爱他的软弱，因为那种软弱属于我们所有人。

记得我带回了博物馆里数十份免费领取的宣传资料，怎么根本记不得有你提到的这位多娜？

笔者在一个“微笑”表情后，只做了下述简单回复：“你之所以没有见到多娜，对关于她的事情也感觉闻所未闻，是因为那是我从一个故事中听来的故事，这个故事本身是另一位作家在故事中讲述的一个故事。”

我本来想说：你去布拉格的时候，年迈的多娜应当早已作古。但我实际想说的是：这位多娜可能根本不存在。对于来自故事中的关于故事的故事，我本人缺乏确凿证据，因此的确无法作答。

而我内心里一直萦绕着一个抹不去的阴影：谁也无法排除卡夫卡的确因为无法以正常方式宣泄汹涌岩浆一样的情欲而扭曲其生活世界的可能性。

4.潮湿的梦

从前述标本与问卷中可以看出，从故事中提取可靠情感信息几乎是不可能完成的任务，毕竟可能存在的干扰因素多如牛毛。然而，科学的奇妙之一就在于，在某一学科之外的非专业人士看来完全不可能做到的事情，这学科内的某些人竟然就能想出谁也没有料到的办法。

比如，古代没有能够称量大象之类庞然大物的量器，然而，人们牵大象上船，在船舷刻下吃水深度，再将大象牵走，将石头放进船里直到船舷吃水深度与大象相同，也就能称出大象的重量了。

比如我们熟知的另一个例子。铁遇氧生锈是一个烦心的事实，人类经历了无以数计的年代却对此无可奈何。然而，有人突然冒出来弄清楚了生锈的原因。找到原因，便有了油漆和其他涂层。

再比如，宇宙之大，似乎任谁都无法找到确定可靠的具体办法予以测量。然而，我们日常所见的烛光，竟然就被一些科学家用来进行比照，拿来就200万光年之遥的事物说三道四。

上帝存在与否，似乎谁也无法令人信服地予以证明。然而，有人竟然用一块手表进行类比，也能得出作为设计与创造者的钟表匠上帝存在的合逻辑的证明。

情欲动力学也不例外。这些问卷的设计，正是要解决故事之不可靠而又必须从中抽取可靠信息这个麻烦。我的意思是说，只要你回答这些问题，无论你有或真或假什么样的选择（你一定得相信，而且我们也十分清楚，你的众多选择并非全部出自你的真实内心），只要你回答问题，我们都将从中得到足够多的可靠信息。哪怕你对所有的陈述的选择都是“不知道”（这个可能性极小），我们也同样能进行分析，得出关于你情感本质的某些可靠结论。

情欲动力学的一个重要策略，就是在千差万别的故事当中剥离出冗余信息，将相对可靠的情感实质淘洗出来。

请看标本3。

[标本3始]

郑夫没等飞机起飞便出了机场。他感到莫名其妙的劳累和无法遣散的疲倦，想找些什么能分散注意力的事情做做或想想，但心里空空的，脑子里堵着浆糊和淤泥，像整个儿被遗弃在水泥地板上的腔肠动物。胆汁翻腾，泛起阴森可怖的绿色。他决定步行回到市区。

乌云扫荡了午时的天空，病黄色，孕妇的脸，那种旧式蜡烛用的材料，浮渣一般漂在污染了几十年的天空下。人行道上潮湿的梧桐树叶，一些行色匆匆的路人。柴油打桩机在远处断断续续地喘着闷气，像肠胃有毛病的阵发性虚脱，大病初愈的象征，长久的渴望和等待在一股废气——一种含氨气体的运行中实现，这永远在建筑和修补中的城市，这W区常有的景象。天色给人以沉重的概念。

郑夫横穿过西门东侧的斑马线，沿着香蕉和其他果类的栖身处头重脚轻、魂不守舍地走着。渐已模糊的、被人类竞相践踏的斑马线倔强地横在他的视网膜上，叫卖声像暴发的孤独和被嘲弄感，对所有路人怀着敌意。在这个城区，只有已呈灰色的那十几道白线能让人感到尊严，灰黑色柏油路正东倒西歪地被他沉重的步子蚕食。惯性，他想，生命的惯性。

别哭，Robyn，当起飞的刹那，当斜向天空，斜向灰白的云层，当你被金属推往云层的那一面如裹在粉红晨衣里的基督升往荒芜的天堂，当你的脑室被甲状腺体亢进震响，当你的颅瘤扩张在耶稣的哭喊声中——“主啊，为什么抛弃了我？”

他不时斜视身边的行人，他担心被人认出，他看见自己的思维在眼前闪着黄色火焰般的光束如有毒的磷，一团团的声音颗粒被空气粘住。不，不能在白天被人看清我的表情，那太难堪了。不，今天我不想碰见任何熟人。他的镜片上浮现出一些多半是伏在自行车上的急匆匆的虚影。在这样的天色里，他弄不清自己究竟为何物，他同样不理解这些生下来就得赶路，就得在早已指定的跑道上没命奔跑的人们，但他清楚，这样的斜视和想法是病态的，但没有这样的想法也是病态的，不正常甚至是可悲的。不过，我自己没有错，无论怎样，不是我自己的错。

有些东西是错误的。肯定有。譬如这被乌云扭曲的阳光和病黄的天色，这有些下流的风，刚才的部分暗云曾形成过低级的格式。某些人的眼神也是恶意的，他情不自禁地想到。

然而你，诺冰娜！你并不是完全无辜的替罪羊！除开民族的不同习惯，你品格中的许多东西是任何人都无法忍受的。是的，我占有你的肉体而同时又竭力摧毁你。是的，在道德和人格的自损里我时常，也应该，涌起自卑，我看见自己像霉烂了几十年的旧皮鞋散出腐败的味道，但是你，你眼神中偶尔露出的虚假光芒使我时常也能得到应有的安慰。

而在你过去的眼中我可能不过是强健的躯体和在需要的时候坚挺的男性，最多加上喷嚏一样阵发的机灵和理解力，我全部的尊严可能就建筑在这些破砖乱石之上和持续不断的怪诞色情幻梦之中，你说的那些“潮湿的梦”，还有我的与年岁不相称的苍老思想。依我们选择的尺度和角度，谁该受惩罚？彼此彼此。

……无数金鱼眼放大了倍数朝他扑来，有人站着不动。环形的方向。这奇异的场景令郑夫觉得奇怪。他惊恐万状，呆立着。与此同时，他感受到左腿外侧在刺耳的分贝里被很重的庞然大物撞着的信号，他本能地用手一拍，手掌上传来坚硬的凉丝丝的感觉。回头，12路公共汽车就停在他的后背。

没有什么可奇怪的，Robyn，当我的嗅觉亲吻你香甜的体息，我的腹部感受你女性的温存，当我的男性被彻底唤醒，那时，骤然阵痛般涌起有尊严的人的感觉！

没有什么值得奇怪的，他继续朝前走。但他只是这样想，悲哀的缰绳已在刹那间缠住了他。

这是一种身不由己的自由。随便什么时候，只要你走上大街，只要你睁开双眼，你就可以轻松自如地得到它，这身不由己的悲哀。这悲哀的感觉是自然的法则，连这感觉的起源也十分自然。小宇说，他一走上大街，一到车站，一到商店，沙子的意识便灌注在他的脑海里。你是一粒沙子，在太阳底下你只能被人踩在脚下，你甚至不存在，因为存在必须被感知，必须有人评价，必须是好的或坏的，而你什么也不是，因为你没有存在，因为你一钱不值。只有在图书馆的楼上，当空蒙的风若无其事地吹来，你的手抚在落满灰尘、三十年前入馆而从未有人碰过的布面黄书上，你的存在才被触摸，你的孤独交流在书的沉默里，你孤独的鼻息融汇在欢乐的静谧中。可是，郑夫发现自己不觉间有些气恼。可是，你不能让人相信，你生来就该在这与人断开的空气里享受唯一的自由而同时又证明自由的确是人生来就该有的权利。究竟他妈谁给了谁以解释谁的自由的权利？！好吧，可你唯一的选择，你回避的信念也不是救人救己的良药，回避拥挤尴尬和一些好奇的、无知的眼神，你想忘记去年夏天那中年妇女紧紧挤在你胸前大义凛然地对着你的脸呼出阵阵矛盾气体和愚不可及的唠叨的记忆，可这汽车竟跟你的腿弯过不去。

带着左腿上的隐隐疼痛，横过马路，沿石级爬上大桥底下的桥墩斜坡，他发现愈来愈深的黄色天穹渐渐变成了棕黑之间的某个色块，冷色，一种苍茫。在这苍茫的颜色下，高架金属框斜过天空，将他罩在水泥斜坡的长方形阴影中。他开始欣赏这里略为暗淡的光线和置身于暗影之中的特有安全感。

……

而且

死亡怎样成为一切歌手梦寐以求的药方

歌唱回忆

预言就像《希伯来赞歌》

就像《佛家问答经》

……

郑夫发现自己的眼神无力地歇息在斜坡底下一只没盖的垃圾桶上，觉得不合适，扭开头去，又扭回来，重新看那垃圾桶，人生有很多东西让人禁不住要看一看。

保尔·布拉伯恩的诗。疲倦。《禅思》。陈旧的、关于在耀眼的阳光里无聊像潮水般涌来淹没许多午后的回忆。厌食，KADDISH。黑色和白色封面夹住诗人乱伦的痛苦。城市之光。

……

一只没盖子的咖啡罐

一只空酒瓶，那商标

被雨水淋得模糊

就在那快要倒空的

垃圾箱里

空空的

空空的

空空的

……

用得太多了，甚至这词看起来都好笑。

我们悲哀的文明秽物。

现实的物品融在幻觉里，郑夫觉得有些头晕，这同时他没有了方向感。平衡器出毛病了，记得她这样解释过。可大脑里怎么会生出台平衡器？它应该是紧凑的，没有空间摆下药材铺里人参狗鞭什么的那类玩意儿，左摇右晃的，多恶心。恶心。他想抽支烟，仅仅为了转移注意力。结果他摸错了口袋，掏出了临出宿舍前刚刚收到的一封信。该看它了。他的右手握住信封，左手拇指和食指夹住左上角的封口边缘。不，我的脑袋此刻应该是空的。

是什么系列的疯狂和节制指引着你我，是黄道的哪一个时辰铸成了默契，是谁的孤独鸣响在白昼，是谁的疏忽让我跌入你月下的阴影，为这突然的冲突和别离，诺冰娜，我问你？

郑夫站起身来。他恋恋不舍的目光拂过已经扩大了三倍多的阴影和高架铁框上的大部分螺母，还有桥下刚刚隐去的一个穿红色毛线衣的小姑娘的身影。

往前三十米是一个隧洞，过洞往前二十米是两汪中等规模的湖水，他们说那就是晒鱼湖。奇怪的名字，就像某些东西被称作真理一样，还有我的名字。郑夫。为什么是夫？渔夫？农夫？马夫？伙夫？人力车夫？总之是个苦命人。也许是丈夫？他摇摇头，苦笑。

下班的人流早已退潮，昏暗的碘钨灯下只有偶尔走过的一两对也许是晚些下班的伴侣，风一样来去无踪的单个行人，多半没有表情。可这曾是多么温暖的一座宫殿，一份人人可以拥有的房产，一家免费的电影院。高峰期内，这里的流量可达每分钟一百多人！郑夫有些紧张地坐在洞中央右侧的铁铸水管上。这直径近一米的巨大铁管上透出的微凉冷意缓和了他的紧张感，他的失望也逐渐散出，混入仍然有些怪味——那种晦暗、腐朽和潮湿的空气中。

人生在早晨有别于午后，傍晚的景色不同于早晨，活着总归是多么美好的事情！那些皮肤粉白、肢体缺钙也迅速增长的婴儿，哪怕面部枝节交错像秋后的田野被岁月耕得沟沟坎坎的老树皮一样的脸，真正的乐和悲，简朴的要求和思维，不过分的奢求，发自内心的愤怒和威胁而不自损的挑衅，都在这块久已驯服的国土上。为幻想中已经一去不复返的图景，甚至不经意中呈现的美妙意象而抱怨，这不正是你早已意识到的悲剧吗？这本身就是生活不可缺少的一部分，你不是同样意识到了吗？正唯其岑寂的凄凉方显得人流如潮的可贵，因为这大自然中最高的造化起码也流着可以自我凝固的血，而这血没日没夜地流淌，在悲伤的峡谷，在快乐的顶峰，在数不清的忍耐之中。勃勃的生命本身不正是一切跨越时空、跨越种族和国界的美的极致吗？你对人的憎恨从何而来？起源、发展、增生、灭亡，这是血的颂歌、血的历史。当你所希求的超过你能欣赏和承受的时候，绝望难道不是必然的结果吗？

衣衫单薄哆嗦在寒冷的晨风里在爱情的打击中体验物价的飞涨，那些女工和男工们没命地奔跑追赶汽车追赶一天微薄的工资，那些务实的积极的人们我可爱而不可言喻的同胞！你感到寒冷同时又发觉自己活得多么傲慢和奢侈就在那样单薄忙碌的清晨！

郑夫坐在铁管上，背部贴近刷过苹果绿涂料的洞壁。左右两边的灯光恰好在他所在的地方堆叠出灰暗的虚影。他明显觉得有种接近虚脱的感觉。苍白的，无疑，他的脸色，不过这具有魔力的光源能扭曲所有经过它通量的颜色，且掩盖住真实的反射。

郑夫抬起头来，不觉夜色降临。他发现头很重，很大。隧洞的一端通往一个宽大的广场，另一端通向一大片工人住宅区。从洞口朝广场望去，三十米高的大众汽车巨幅广告矗立在华灯初上的广场左侧，来往疾驰的车流在红绿灯的明灭中从那巨幅广告下穿过。那高悬的广告板以物欲的魔力和威严统治着他此刻的心境和矛盾的眼神，在折射来的微明夜色中，在朦胧的橘黄光晕里，它无可挑剔的尊严嘲弄和挑逗着投向它的所有目光。

它是完美的，这广告和它代表的一切。他乏力的视线仍旧停留在那里，无数个白昼的赞美锁在它茫然的玻璃体内。是的，不管怎样，它总是完美的，它像个真正的庞然大物，它存在，它表达，它显示自己的意义，在夏日璀璨的阳光里它高傲的闪耀曾使它君临之下的万物卑琐不堪、黯然失色。它自身至尊的权威纠结在历史中，像历史一样不能长久掩盖，因为它托起过众多民族的威严……

不，错误的不是这钢铁、油料和速度的联姻，绝对不是。能够托起的，是已经被托起的，而有些民族只能在独木舟上唱着不为文明理解的歌谣漂向湮灭，另一些民族太沉重了，只有大地本身才能承受——这是历史，这就是秩序！

“行行好，这位大哥，行行好。”乱蓬蓬的头发下一张污浊的脸凑在他跟前。四十多岁，他想，这人很久以前就没有了人的尊严。那双无法辨别颜色的手合在一起频频起伏，嘴角挂着一粒米，暗黄色。

郑夫没有说一句话，他朝广场方向走去，十步之后又折了回来，摸索，将所有能找到的钱都给了他，甚至包括几枚硬币，十几元，全部塞进了那双莫名其妙的手中。始终没有一句话。

华盛顿广场和舰队街也有乞丐，他们安静地坐在自己的位置上。都接受施舍，方法却不同。

天彻底黑下来，人造的光明明暗交错。

12路汽车站现已不像白天那般拥挤了。他最后一个上了车。车刚开一分钟，他突然看见左前方靠车门处站着个女孩，白化病，十四岁左右，一头银发被红白相间的两个发球束得高高耸起，左右太阳穴处齐刷刷一排刘海，贴着头皮的头发被梳得异常光滑整齐。女孩不是有个细心的妈妈就是自己是个条理清晰的好姑娘。高且直的鼻梁，小而灵巧的嘴唇不时噘起，整个儿面部除了双耳轮略呈粉红色外，全是一种透射着纯洁的浅白，没有通常所见白化病人那种刺目的病态。这种精心的梳理还表现在她随身所带的饰物中：黑色小手包用美人蕉红的太阳镜钩在左手中指上，那些手指细长得体，有明显的关节轮廓，跟右手臂上的金带黑盘方表一起显出鲜明的雅致姿态。敢用强烈对比色装扮自己的人一定自信。

姑娘身旁有个妇女，好奇的眼光在距她不到一尺的距离内偷偷闪动。白化病姑娘显然发觉了，不快，转身看后排座上咿呀学语的婴儿和他的年轻父母，笑了！

这微笑像电流触动了郑夫，他产生了了解她、陪伴她走完未来人生旅途的强烈冲动。他想也给她一个善意的笑，但觉得最好下车跟她谈话。

（“喂，小朋友。”）

（“干什么？您有什么事？你想干什么？……”）

（“我……”）

可这容易造成误解，那还是先对她善意地笑一笑吧。

“请买票。”他正准备展开笑容时，售票员说。

“我……”他发觉自己身无分文，这时那女孩正巧扭头看着他。

“我……”他觉得没法解释，“我忘了带钱。”

车到下一站，他红着脸逃命般下了车。他感到了白化病姑娘嘲笑的目光：“逃票者”“无赖”“贪小便宜”“瞧这人，还架着眼镜哩”。

纯洁。这可怜的，这污浊人世间的纯洁天使。郑夫想到她的未来，那无法避免的悲伤将击垮她。他喉头发紧，主要因为此刻她多半是开朗的，她对未来的痛苦一无所知。那开朗中忧郁的微笑。可我，郑夫想，没有让她看到人世的可爱之处，我让她觉得这世界上尽多虚假可恶之人，我像一堆屎。

灯光愈来愈稀薄。

诺冰娜，别哭。

夜空滚来一阵隆隆声，仰头，闪闪的夜航灯在飞机肚皮上直眨眼，可怜的诺冰娜！

饥饿的袭击像死的念头，郑夫觉得他的胆囊似乎已经破裂在腹腔内，所有的传导器官都在输送着同样的颓丧。他感到自己在飞速旋转，黑暗的苦涩纵贯全身，漩涡推搡着他，摇晃着他，撕打着他，摧毁着他已经衰弱下去的控制力。然而，在意志的中心，在中央后回和旁中央小叶后半交叉的感觉中枢，在这狂暴的涡眼上，却呈现着虚泛的平静，那灵魂深处的漠然青烟般摇曳……**[标本3终]**

在我们抽取上述标本 3 中所含的事实信息之前，请对照下述文字，然后在两组事实陈列中做出自己的选择。

施虐受虐人群中所谓的施虐者，大多并非真的那么喜欢施虐。而所谓的“受虐者”，大多也不那么情愿扮演十足的受虐者角色。心理学家约翰·曼尼强调施虐与受虐者两方相对的无害性，因此他称喜欢捆绑与调教游戏的普通粉丝为“绒龙”。虽然施虐行为被 DSM-5（Diagnostic and Statistical Manual of Mental Disorders，Fifth Edition，简称 DSM-5，见李斯、胡东霞译：《精神病自诊手册》，海南出版社，2000）列为有害性反常行为之一，临床医生却不太赞同对某些类型的女性下这样的精神疾病诊断，因为有些夸张的女性会时不时喜欢将百依百顺的丈夫绑起来，并在她丈夫这条“一本正经的小母狗”屁股上啃上几小口。这丈夫屁股被咬，可能会小有刺痛，或皱一下眉头，抑或滴下几点酸痛的泪水，但绝不至于弄到需要外科整形或发生严重医疗纠纷的程度。反过来，要确定精神病人的怪癖当真构成真实意义上的施虐者，精神病医生要看两条：一，她引发的疼痛必须是真实的，而不是嬉戏玩耍；二，并不情愿的对方为此所受的痛苦，是否构成她最强烈的快感。一般来说，这样一种人，也就是性行为异常的施虐者，只有在犯下严重罪行，法庭勒令对其进行精神病学检查时，才会引起我们注意。（原文注释：本例说的是一位女性施虐者，可是，我们在前面的章节中已经看到，男性更有可能成为“真实的”施虐者，尤其是刑事犯罪型施虐者。)

这当然有道理。对他人的虐待若起不到唤起强烈性快感的作用，那还叫什么施虐呢。在发狂的人攻击无辜受害人的许多惊悚性暴力事件中，疼痛与并非双方情愿的性行为总是一同发生的。在施虐、受虐人群中，有一些人偏离太远，完全不同于这个群体中其他人的惯常行为，假如将上述两项标准应用在这个少数人群中，经常会有很多真实疼痛和难受的情形。

可是，接受施虐行为的一方却也同意接受这样的性行为。不要忘记这样一项最为重要的事实：伤害是见仁见智的主观事实，这人与那人对伤害的理解也并不相同。在这里，同样也存在文化差异。(原文注释：比如，据说19世纪巴西的阿平纳耶妇女与情人性交时会咬掉男性的眉毛然后吐掉。加罗林群岛上的特鲁克妇女，往往在欲火中烧时将一根手指戳进丈夫耳道。在较为保守的穆斯林统治者入侵之前，早期的印度人之间发生的性行为，可谓一场高水平作战。精神科医生戴纳什·布格拉是这样描述的：“男性会发起进攻，女性试图抵抗，就在这种你进我退、你攻我守的微妙互动中，性欲之火会慢慢点燃。”布格拉解释说，印度人通过施虐行为先使生理感知强度弱化，然后在性交过程中使双方的性意识得以增强。[1] 在极端受虐者那里，伤害这事特别难于分辨。比如，我们现在就戴上法医帽子，看看大家如何评判德国罗腾堡发生的那件特别恐怖的“屠夫大师”案。

在较为晚近的“食人警官”案之前，曾有阿尔明·梅维斯的另一个案子。所说的食人警官，就是纽约市的警官吉尔伯托·瓦雷，他因为筹划绑架、谋杀和食用一名女性而被判决有罪。到底是先食后杀，还是先杀后食，准确的顺序现在还不甚清楚。而这位梅维斯，他的案子曾出现在很久以前的报刊头条上，人们可能忘记此事，但他的名字还是会在人们记忆深处隐约闪现。不好意思，那我就来提醒一下各位吧。

梅维斯以修电脑为生，这名德国食人狂施虐者在2001年春季找到一个自愿供其食用的受虐者，此人名为伯恩德·约根·布兰迪斯。梅维斯在“食人族咖啡网”（所幸这网站已经被取缔）上登载了这样一份私人广告：“寻身体健壮、年龄在十八岁至三十岁之间可供宰杀并食用的人士。”而这位布兰迪斯，看起来像是正在寻找被人完全消化掉的良机。就连爱神丘比特恐怕也无法安排出比这更显悲剧性的邂逅良缘。（哦，对了，对于目前这种食人狂性质的性欲异常，诸位可能早就想知道其专业名称了吧。这个术语是vorarephilia，“肉食倒错”，词源为拉丁词vorare，“吞咽或吞

---

① 戴纳什·布格拉. 性欲对象中的心理失常：跨文化问题 [J]. 性行为与关系疗法，2000（1），15，第69页。

食”。)

这可怕事件从头到尾都被录制下来了。根据录像资料,(食人者)梅维斯显然没有强迫过(被食者)布兰迪斯。假如真有强制成分,那么,这强制意愿也来自受虐者而非施虐者。布兰迪斯甚至恳求犹豫不决的梅维斯咬掉自己的阴茎。这些不忍目睹的细节就不一一明说,让我们按快进键,直接跳到厨房发生的那一幕吧。在厨房里,梅维斯刚刚将从布兰迪斯身上切下来的器官用葡萄酒和蒜汁炒好,两个人十分友爱地一同分享这道美食。(梅维斯后来说,那道菜还特别“耐嚼”。)

再按快进键,跳过这无法描述的种种细节,直接快进到最后一幕。此时,布兰迪斯已经抹好盐的尸体被倒挂在挂肉架上,而梅维斯此前已经专门为此目的在他的恐怖之家里搭建了这间屠宰室。一共四十四磅精选肉食,将顺着梅维斯的食管慢慢消失。我在这里完全无意暗示说,在这道方程的施虐与受虐两方,完全都不存在心理失常的情况。这一点,我们并不需要那么多精神健康知识就能看得出来。可是,假如把 DSM-5 中的疼痛与非自愿这两个标准拿来说这件案子,可能就会有点勉强,因为梅维斯已经明确说明,他要找的是一位完全自愿的成年搭档。假如把同意与一位受虐者明显的求死意愿合并起来看,嗯,大家就会明白,一位研究法医学的精神科医生所从事的工作有多么困难。

鉴于受害者极其独特的主观愿望，为这场肉欲对手戏中唯一活下来的一方下一个诊断，可谓有很高的“哲学难度”。（原文注释：梅维斯最终被以谋杀罪判处终身监禁，但这判决引发相当大争议，因为涉事双方均为自愿的成年人。再过一百年，人们喝醉酒后仍然可能为此争论不休。）

客观量化疼痛与同意，以便为虐待狂提供诊断依据，这样的做法还会遇到别的麻烦，那就是，疼痛的尺度还有另外一端。如果是这种情况，是否同意就不再是主要问题了（另外一方明显不想做施虐一方很享受的事情）；反过来，有些性行为在我们看来并非那么“疼痛”，至少不是通常情况下疼痛这个词所指的意思。事实上，双方都燃起欲火的时候，这样的疼痛根本就不会被引起注意。可是，从行动者的观点看，这些疼痛显然是蓄意产生的。比如挠痒。尽管提到挠痒，人们就会想起阵阵大笑或者无法停下来的微笑，可是，被挠痒的一方可能会十分难受，这取决于羽毛是否搔到了真正的痒处，或食指是否挠个不停。在虐待狂人群中，彼此同意的挠痒并非罕见，一般来说也毫无害处。可是，同样的行为如果违背对方的意愿，而且没完没了，那就与酷刑无异了。

以上选段，摘自杰斯 · 伯林著、李斯译：《色调：情欲解剖学》(*Perv：the Sexual Deviant in All of Us*)，科学美国

人 / 法勒 - 斯特劳斯 & 吉鲁出版公司出版，2013。该书由于可以想见的原因，目前尚未以中文出版。特别说明：作者杰斯 · 伯林为新西兰奥塔戈大学讲授科学通信学的教授，亦为美国阿肯色大学心理学教授，曾任贝尔法斯特女王大学认知与文化研究院院长。为说明该情欲解剖学开拓性的学术重要性，亦为方便读者关注该书与本情欲动力学之间的密切关系，请大家参阅下述媒体评论。

书评：

恋蜂癖、摔倒癖、挠痒癖：伯林以挑逗笔触检视性反常概念，揭示激发人欲的万千事端。

——《纽约时报》（“编辑荐书”）

增进知识，又有阅读之乐……伯林的新书读起来轻松愉快，智趣横生，发人深省，加深了对情色自我的认识。

——《出版人周刊》（星级书评）

伯林的写作风格逗人喜爱，说的又是极严肃的话题……这本书探索身心联动，说明每个人的内心深处都有异常的一面。

——大卫 · 皮特，《热门书单》

一流笔法，生殖生物学写成了饶有趣味的畅销书。伯林写法灵巧，说的是“人欲的黑暗角落”，读完却余音绕梁。

——《柯克斯书评》

人欲如情色斑斓的万花筒，作者却写得富于人情，有理有据，妙趣横生……大胆写作，催人深思……真的得看看此书。

——《书商报》（“当月畅销书”）

这本书写出了精气神，又富于智慧，揭开了蒙在性异常头上的厌恶与羞耻遮布，又呈现出全新性欲观和伦理新愿景。

——菲奥娜·凯普，《悉尼晨间先驱报》（“当周热门非虚构作品”）

颠覆当前社会学研究，思考缜密，针砭时弊，又能增长见识，这本书深度分析了人类史上不断变化的“倒错”观念。

——阿什雷·威廉斯，《图书馆报》

本书以饶有兴味的笔法总括了性欲异常和性

兴奋及厌恶感产生的生物学，说明针对此类性偏好及性行为的态度经历了多么巨大的变化……无论是否想要更多了解性品味的多样性，更多了解塑造了我们对于性的理解的政治学及科学原理，看完本书后，人人都会更加明白：言及床上之乐，每个人都是独一无二的。

——马修·芬尼，《理性》作者

讲人类性欲的一本很吸引人的书……眼界大开，又发人深省。

——雷拉·萨奈，《独立报》

伯林这本书有丰富的科学、历史和心理学背景为依托，呼吁人们再不要根据自己认为的正常或自然与否来评判他人性偏好，而是要关心哪些事情会造成伤害。过往的道德、宗教与政治之火把一些话题烧得过旺，现在，伯林劈头浇了一盆冷水。

——包勃·格兰特，《科学人》

伯林这本逗人喜爱的书，说我们都有性欲异常。当真如此？接着，看完本书后，大家都会说：先要确定什么是性欲异常。这就是他这本书想要干的事情。在他看来，就如同在金赛、西格蒙·弗洛伊德和威廉·马斯特斯眼中一样，“利用科学工具破解人欲的外缘，这是人类成就的一个顶峰”。他准备带大家一起攀登高峰。

——杰夫·西蒙，《巴法罗新闻》（“编辑荐书”）

其写作风格并不似研究生的老生常谈，因此，他这本书才得到大肆宣传。

——纳德佳·萨耶奇，*VICE*

伯林，一位心理学家，认为所有性欲上的“倒错”或“异常”，都应当客观看待成统计学上或多或少的常见欲望结构，不可认同为贴附其上的道德否认……伯林现身说法，笔触感人……是一本严肃又充满人情味的著作。

——斯迪芬·普尔，《卫报》

跟我们身边怪怪的朋友一样，这本书读起来有时感觉诡异，但经常给人不少启示，而且总是很吸引人。一本讲性倒错的书，人们一般预期至少会很有趣，但在杰斯·伯林笔下，这个话题不仅讲得精彩、幽默，而且还特别情意绵绵。

——弗罗伦斯·威廉斯，《乳房：自然与反自然史》作者

人类性欲是一个怪诞世界，这本书就是通向这世界的钥匙，生动有趣，又充满洞见。书中列举了许多震撼人心的实例，还有独特的进化论解释方法，作者杰斯·伯林为我们提供了也许是目前最佳的证明，证实马克·吐温那句永恒的名句：人类是唯一会脸红——或必须学会脸红的动物。

——罗里·桑托斯，耶鲁大学心理学副教授、比较认知学实验室主任

翻翻这本书，长点知识。杰斯·伯林写出如此诱人，如此搞笑又透出如此浓厚科学气息的一本好书，说的就是我们都不愿思考的性生活。这本书将会改变我们看待自身和看待周围人的方法。

——阿特·马克曼博士，《精明思维与领导习惯》作者

假如必须说真话——杰斯·伯林一直催促我们这么做，那么，大家全都是性倒错者。就算你不

是，你周围的大部分人也都是。伯林通过历史、文化相对主义、政治学及性心理科学把这个话题说得极其生动有趣。他把藏在暗处的禁忌揭示出来，放到前台，成为大家丰富、幽默和不带价值判断的谈资。这是一本引人入胜、令人爱不释手的好书。

——布鲁斯·胡德，布里斯托尔大学社会发育心理学学会主席、《自我错觉》作者

这是一本与众不同、十分精彩的著作，杰斯·伯林得出令人信服的结论：我们都是倒错者。伯林喜欢搞笑，是位勇敢无畏的作家，对一些因异常欲望而造成自己和他人痛苦的那些人深表同情。这本非常不错的书会吸引每一个人，因为我们都想更多了解生活中最难驾驭又最私密的层面。

——保罗·布鲁姆，耶鲁大学布鲁克斯及苏珊娜·雷根心理学家教授、《善恶起源》作者

杰斯·伯林说起科学、政治、心理学和历史时有板有眼，可在这本给人启迪、饶有趣味和稍显古怪的书里，他的搞笑口气也让人忍俊不禁。

——《威斯康星报》

> 杰斯·伯林的这本书有足够研究资料支撑，有坚实科学基础，生动有趣，十分搞笑，如同性学博物馆的一日游。该书提出的观点使人明白，再不能随意嘲笑“情色边缘人”，而且还得承认：是人总会有出轨。
>
> ——艾米·奥尔肯，《我看见粗鲁的人》作者

上述选文和所列评述文字，让我们清楚明白地看出：从浩如烟海的枯燥事实（和极个别耸人听闻的奇特案例）中采撷有研究意义的数据，需要有一副科学家的铁石心肠，更需要冷静沉着的客观判断力，更要求研究者有突破文化禁忌，勇闯学术与文化禁区的非凡胆识。我们每天面对千篇一律的面孔，以为世人不过饮食男女，大同小异。潜入人性的汪洋大海，我们才会窥见那深不可测的繁杂世界。

好了，亲爱的读者，让我们回到上述标本3和前面的引文，对比两组事实陈述，看看我们各自会做出什么样的选择。

可以从标本3中抽取出来的事实：

1. 关于“郑夫”这个名字。根据前述3个标本中的已知信息，这是一位学语言的研究生，这名研究生与其美国老师

诺冰娜存在情感纠葛。（作为这位主人公的友人，我可以透露的确切信息如下：“郑夫”是作家野夫的笔名与其真名郑世平合并而成的，网上可以查阅到作家野夫的大概信息。至于这位“郑夫”在故事中的言行是否与现实生活中的野夫相符，甚或这个郑夫是不是跟这个真实生活中的野夫有关联，这并不是本书关心的要点，此处略而不论。

2. 在叙述者与主人公交错的视角中，天空、大地与心情同样沉重，这与机场告别时的自傲形成反差。

3. 文中引述《圣经 · 新约》中耶稣断气前向天父的责问或祈求，是为该主人翁在后文可能发生的其他渎神言行做好铺垫。

4. 叙述者在人海如织的街头感觉自身渺小，既是对自身现实的不满，也是对生活环境的抱怨与诅咒。

5. 看见为微薄收入而奔波的劳苦大众，他的卑微感有所减轻。

6. “晦暗、腐朽和潮湿味”是叙述者对其生活现状的总体概述。

7. 耸入云天的高大广告牌所象征的人类物欲，与他内心的精神矛盾互为因果。

8. 街头行乞者和看客及施舍者怪诞的言行，是他内心的复杂反衬。

9. 对美丽的白化病少女的描述，说明该主人翁的情感世界有异常人。

10. 此节文字中最后所描述的饥饿感，与叙述者苦涩的内心彼此照应，目的是要说明这场告别的方式，并不是他原来所期许的。

可以从《色调：情欲解剖学》选段及随附书评中抽取出来的主要事实：

1. 根据美国最新版《精神病诊断与统计手册》（第五版），传统观念中的施虐与受虐者并不属于精神病范畴，即是说，正常人类性欲，多少含有一方或双方的施虐与受虐冲动。这样的性欲心理，在其他哺乳类动物中亦有实验数据予以证明。因此，是否构成刑事犯罪，不是施虐与受虐的心理（因为施虐与受虐极可能是一方或双方获取最大性快感的主要方式），而是有否给任何一方造成可予证明并加以控诉的身心伤害（比如，是否达到引起“严重医疗纠纷的程度”）。

2. 然而，是否构成（不同程度的）“伤害”，却存在文化差异。比如，在许多文化族群里，同性或异性性交中时常发生的肛交行为，极可能造成肛裂，但这种肛裂是否构成刑事意义上的肉体损害，却要依据发生肛裂一方是否“知情同意”或是否起诉。

3. 与传统观念相左的事实是：施虐者并非总是男性。在作者所列举的众多例子中，很多男性属于知情同意的受虐者，而且享受这样的受虐过程。

4. 人类的受虐心理（在有这种心理的人群当中，其受虐程度与其快感体验往往成正比，而如前所述，施虐或受虐心理本身不犯罪，构成犯罪的是这种心理驱动之下产生的行为所造成的刑事后果）极可能发展到如此极端的程度，竟致希望对方将自己的肉体吃掉。

5. 尽管上文提及的施虐者梅维斯与受虐者布兰迪斯共同食用了从受虐者身上割取下来的生殖器，并辅以葡萄酒和蒜汁佐料凑兴；尽管这个施虐者在受虐者的恳求之下杀掉后者并食用其尸体；尽管施虐者最终被判处终身监禁，但是，上文作者认为，从法医学或精神病治疗学的角度看，这个案子引起的争议将持续很长时间。

6. 上文作者认为，在很多情形之下，所谓的伤害是存在争议的，因为许多伤害属于主观事实而非实际的刑事犯罪。在人类的性心理与性行为中，某种程度的伤害是彼此同意或默认的。前提是，对一方或双方造成的一定程度的身心伤害，目的是获取最大可能的性快感，而获取尽可能强烈的性快感这一欲望本身既不违法，也并非不道德。

7. 上文作者还认为，对上文所述事件中的施虐一方下一个精神病诊断会有“哲学难度”，一是因为事件起因源自一份内容明确的知情广告，受虐者自愿应聘；二是因为事件本身有全程录像，录像资料显示：全部惨烈的肉食行为都是在受虐一方的百般恳求之下完成的。尽管施虐者最终被判处终身监禁（可以想见的判决理由是：该名受虐者存在精神异常，这跟判处与“心智尚不健全的”未成年儿童发生性行为者为强奸犯的性质类似），但是，到底如何定义“精神异常”，却是人类需要不断进行更深入哲学探索的重要事项。

8. 根据上文作者提供的资料可推知，由于人类性心理与性行为可能延伸的范围广大无边，人们对精神病及其严重程度的诊断标准还将不断更新。

9. 由一日千里的现代科技进步带来的一系列譬如安乐死、人体克隆、人造生命、不断人性化的机器人等生命伦理学难题，必然也会从自然科学的角度大大扩展人类性心理与性行为的范围与尺度。比如，假如高度仿真的机器人将来获得合法夫妻的人类身份，就必然引起一夫多妻制或一妻多夫制的合法性问题，以及由此导致的其他如财产纠纷与子女收养等问题。

10. 上述疑问指向一个明确预期：作为实验心理学重要分支的情欲动力学，不仅有加深加宽研究的必要与紧迫性，而且也是人类伦理道德进化的必由之路。

亲爱的读者，在上述两组各 10 条所列举的事实中，你情愿相信哪一组？或者，更具体地说，你情愿选择的事实中，哪一组让你觉得更值得信服？

5.可疑的叙事

假如我们因其内容过于荒诞离奇而对一些事实陈述产生勉强接受的感觉，那是再正常不过的事情了。在上述的两组事实中，亲爱的读者，我们完全理解，第二组中的10条事实陈述因其内容的荒诞或恐怖甚至令人反感而使你无从选择，这是因为绝对部分人对人类情欲所能延伸的范围之广泛并不十分了解。而事实是：人类性心理及可能的性行为所能延及的尺度，跟人类想象力本身一样浩瀚无际。

当然，所阅读内容的性质，的确有助于对所阅读材料的真实性形成一个初步判断。试比较下述两段诗文。

我天降洪水和一切灾害而下

我乱割群鱼江河血肉水泊而下

我驮负着光线胡乱杀戮而下

我粗尾击天而下

我断头为尸而下

我十个太阳烧裂尸体而下
充满行动而下
叫裂肝脏而下。
都在诗歌中喘血
堕入地狱
笔直地堕入地狱。
都在海子的诗歌中喘血如注
（见李斯著《海子故事》，现代出版社，2013，第277—278页）

在这段文字里，海子自命诗王，以《庄子 · 逍遥游》中鲲鹏之喻和《圣经 · 创世记》中上帝创造天地万物的气势，预言其在未来中国诗坛上的霸主地位。我们从中看到的只是一种宏伟气势和零乱惨烈的创世喻象，而非任何一种意义上的事实陈述。众多刺目意象的堆积和拼贴，都毫无疑问地指向一种狂乱情绪的宣泄。

我们再来看另一段诗文：

啊母亲
我留下什么了
啊母亲
我遗忘什么了

啊母亲
永别了
你那长长的黑鞋
别了
你的无政府主义和一只破袜子
别了
你胸疣上的六根黑毛
别了
你的旧衣服和阴阜上长长的黑色须毛
别了
你垂下的肚皮
你对希特勒的恐惧
你那讲过恐怖故事的嘴
你那在现已腐烂的曼陀林上弹过的手指
……

（见李斯编著《垮掉的一代》，海南出版社，1997，第405页）

美国垮掉的一代诗人艾伦·金斯堡在纪念其亡母内奥米的长诗《祈祷》的第二节里，就用这样的文字直抒胸臆。尽管里面有描述其母亲生殖器的不雅字眼，且混杂着只有诗人自己才能准确说明的一些想象，但是，我们一般不会怀疑其中的事实陈述，因为儿童看见母亲生殖器而且与其他母亲形象混杂一处的众多回忆，往往并非诗人独有。

然而，上述困难的选择经历使我们确信：人对故事真假实质的判断，在很大程度上会受到该事实与日常经验距离远近的影响。

除开内容的不同之外，故事本身的性质也是影响判断的重要因素。我们知道，儿童故事是故事，神话故事是故事，科幻故事也是故事，但是，不容否认的是，讲述物种起源与演化过程的《物种起源》在本质上也是故事，就宇宙全景、空间与时间概念、不确定性原理、黑洞、宇宙起源、遥远星系、黑洞、粒子、反物质等侃侃而谈的《时间简史》也是故事，假如我们从故事性质来看的话。也就是说，故事可真可假，或亦真亦假，或半真半假。

更要命的差别是，宇宙和人类社会及单个人的历史，也可以是一个故事。在英文里，历史（History）这个词，拆开来看就是“他的故事（His-tory)”。如果是这样，故事的性质常常也会引起我们本能的判断：讲述自然故事的多半可信（因为这种故事需要有可资证明的大量自然科学证据作支撑)，而讲述人类故事就不一定了。

这样听起来似乎很有道理，然而，还有大量社会科学著作是关于人本身的。比如，弗洛伊德写的《梦的解析》是个什么性质的故事呢？梦固然是人做的，然而，将人类意识划分为意识与潜意识却是人脑科学的最初尝试。他被赞誉为“历史上最伟大的心理学家之一”，而他的精神分析理论也被人污为“本世纪最惊人的知识欺诈”（见默顿·亨特著、李斯译:《心理学的真相》，海南出版社，1999），我们是信他的故事还是不信呢？

由于故事作为一个文学范畴存在上述繁杂的品类与性质差别，对于故事的研究自然而然就进入到讲故事的方式，即叙事学的研究中。

下面，我们先看两个标本，即标本 4 和标本 5，看看讲故事的方式或叙事方式到底会如何影响我们的判断。

标本 4。

[标本 4 始]

（掌声）“各位女士，各位先生，从今天起，我们就要开始《美国现代文学概况》这门课程了。能够在一个诗歌一样诱人的秋天里，在这样一座美丽的校园里与诸位谈谈我更为了解的一些美国的文人墨客们在近几十年里所做的一些美梦或噩梦，这是上帝赐予我的福分，为此，请允许我向我们头上的圣者表示一些微不足道的敬意（做虔诚状），感谢他满足了我多少年来的愿望——到东方这块神秘的地方来发生一些感受（少许笑声）。你们中的一些人也许很难相信，从我还是一个不太懂事的小女孩起，直到我大学生活的最后一年，中国，她在我脑海里只是一个梦，或是发生在某个遥远海域的地震，或是高远无际的湛蓝天穹偶尔飘过的黑影一般的小鸟。我时常想象，在地球的对面，在大洋的彼岸，在绵亘万里的残垣颓堡的底下，有一棵巨大的千年古松笼罩在血红的落日余晖里，树下端坐着一位银须飘飘的中国老人，他向着太阳落下去的方向凝视一望无垠的苍茫大地，身边的枯叶随着阵阵轻风缓缓远去……

（陶醉状。有人忍不住想笑的样子。）

“今天，这个梦想终于变成了现实。尽管出现在我眼前的是一个完全不同于我的梦想的世界，一个被现代文明烙上了些许印迹的标记，但我还是非常快乐，非常荣幸，并希望能够在这一年的时间里同大家自由而无任何拘束地、公平地讨论美国文人在本世纪为文学所做出的努力。

“然而，与你们可能的猜想相反的是，在表达我对于美国文学的看法之前，我将向你们这些陌生人袒露我从未向任何人，包括我最亲密的朋友们泄露过的情欲历程，或者叫隐私，你们中国人也可能委婉地称其为感情生活（听众窃窃私语）。

“此时此刻，不管你们感到惊讶也好，厌恶也罢，我还是要表达我此刻真实的内心。如果不是间壁也有人上课，我真想对你们放声大喊：你们眼前这位手捧讲义夹，身着紫色连衣裙的胖女人，这位贵族的潦倒后代，在另一个遥远国度里受尽了各种难以想象的苦难和感情挫折的失意者，她属于包括在座的每一位具有爱心的人们！爱我吧，人们！（全室无声）

（短暂的停顿）

"很抱歉。如果我没有礼貌的放纵和不受欢迎的丑态伤害了各位，我请求大家的原谅。但是，我也希望你们能理解，此时此刻，当我浑身轻松地站在你们面前，当往昔像空气一样扑来时，对自己百分之百的控制是很难发挥作用的。

"在以后的一些课时里，我会逐步尽力给你们说明这一切的原因。我今天能够告诉你们的其中的一个重要原因是，我认为，全部的美国现代文学实际上是一部欲望的历史，是构筑一座在现实世界里永远无法实现的幻想宫殿的欲望。你们会看到，从梭罗到金斯堡，从赫尔曼到福克纳，全部的文学内容只有一个：即他们都在像蜜蜂一样倾其毕生精力忙忙碌碌地完善各自的幻想。譬如说，梭罗的《华尔滕湖上》，这实际上就是一部幻想史，华尔滕这个题目本身就能说明这一点。华尔滕（Walden），就是Walled-in，就是回到墙里，就是回到子宫里，也就是回到没有任何危险的自然状态中。

（唏嘘声渐起）

"当然，如你们将要发现的一样，这可能是我今后将要出现的许多错误中的第一个，为此，我首先提醒各位，我所说的一切都将只是供你们参考的引子，因为我不知道，这样的看法，这样以自己的生活经历和文学偏好得出的结论，在多大程度上是合理的，或者是可以推敲的。我从来都没有能够弄清楚这种结论的内部是什么，不知道它是唯我独有的，或者像雨水一样人人都有幸承受过，也许它根本就不是什么结论，而是别的任何东西，比如一支笔，几张纸，或若干个狂妄的念头……”**[标本4终]**

标本5

[标本5始]

W大学的外宾楼实际上有两幢，建于30年代的德式别墅现已基本废弃不用了。碎石铺就且嵌有精致护边的出口伸展到五十米外，被新盖的那栋堵死，所以平日并无多少人知道。后花园伸出的碎石小径沿山腰蜿蜒而上，石缝间这里那里生着暗绿的苔藓，似乎有好几百年无人走过。这里长年静悄悄的，背后的山坡将校园外的嘈杂隔在很远之外，别墅前方浓荫遮天，樟树和梧桐参差交叉，镂刻着吉祥物的石凳别致而清洁，和风滚下山来，在树叶上飒飒地响。这两层别墅的外墙原是绛红色，经过多年风雨，如今看起来已经模糊不清。

然而勃勃生机并未丧失。墙根四周，一簇簇基部心形状如羊蹄的龙须藤奋勇爬行，别墅顶部的通风口甚至伸出一根矫健的过岗龙，它扁斜扭曲的藤茎在尖端分裂成几十条绿枝从屋顶飞越花园直达山腰的柏子树。

郑夫喜爱这地方，冷落颓败风雨摧残。他跟看门的老头混得很熟，几根香烟、半个小时的寒暄闲聊，但在这里的大部分时间他更愿意独处，用心或不用心地看那些石子路、可以入药的稀有花草、老得开了槽的树皮和夹在树枝间的血红落日。他认为风景就是给人以颓败意识的自然物，因为风景存在的唯一目的是给人以安全感，因为颓败无法骚扰和攻击。在这样的情绪中，人很快就能与周围沟通，与有生与无生的万物对话。只有在这样的忘我环境中，捧着几百年前某个人写的书，那才是真正的读书，才有真正的读书的乐趣，因为读书必得有真正的交流，眼与字现实的接触，心与神隔世的融汇。而在图书馆、教室或其他地方，你无法集中精力，你心烦意乱，首先因为他们不让你抽烟，不让你满足自己在消费中凝神的爱好或习惯；其次，那些明亮的灯光，那些道貌岸然、卑琐难忍的大学生和他们的臭屁，那些俗不可耐的谈话和令人恶心的窃窃亲昵举动，最后还有那些偶尔进入视网膜的成排簇新的书刊和熟悉得令人倒胃的生活用品——翻了毛的斑黄牙刷、拉了边的破毛巾、单调的床铺、樱粉色的卫生纸、床底下有运动臭味的鞋袜以及排列整齐油漆涂得光亮刺眼的桌椅，所有这些都像一群绿头苍蝇嗡嗡飞在头顶，又如无形的重负背在肩上，让人禁不住左摇右晃总想甩掉什么东西……

这地方郑夫喜爱，因此他明白诺冰娜为何选择了这幢旧楼。出于同样理由，他对新来的老师产生了好感，他觉得这理由显而易见。

因为坦率是招人喜欢的基础，他想。在我二十几年的生命里，从未见过有哪个女人在陌生人面前如此坦率，如此残酷地戳弄自己的伤疤，在我七年的大学生涯里，我也从不曾见有哪个国内国外的教师如此完美地将自己的话题同私生活联系在了一起。这好感，郑夫想，来得自然稳实，至少目前是这样的。

约定的时间快到了。郑夫迈上石级，跟看门老头招呼一声上了二楼。

秋天的最后一束阳光从西面走廊宽阔的橙色玻璃窗透进来，在走廊西边墙壁的蓝色辉映下调合成有强烈透明质感的灰色光带，软软地铺在光洁的大理石过道上，时间的每一秒移动和人的每一个位置变换都能造出神秘的光彩迭现，一种可以触摸的色彩印象。岁月在楼梯扶手上留下了痕迹，转弯处有了老鼠啃过似的光秃，油漆在多处剥落，暴露出半个多世纪前的层层暗黄水渍。尽管有如许的瑕疵，这完美建筑的内部仍不失堂皇舒适，像个半老徐娘，隐约可以窥见它昔日的模样和种种好处。

204房间的门紧闭着，音乐声从门底下的缝隙中飘出。是德沃夏克的作品，郑夫想。

他没有立即敲门，他希望在指针正对着19点的那一刹那第一次敲响这被漆成紫红色的楠木房门。他似乎明白这其中的道理，但又不十分肯定这是否必要，毕竟是第一次。

离约定时间还差一分十九秒。郑夫在这段时间里研究房门上贴的白底蓝字清洁条。

“已消毒（Disinfected）！”

他突然发现，中英文印刷体下有一排手写的英文钢笔字。

“But I'm stil1 alive.（可我还活着。）”

郑夫先直起腰来，然后想笑一下，但这冲动被室内的冲水声挡了回去。正好19点，这个女人真准时。

“晚上好，Steve，请进。”她一脸笑容。

“晚上好。”

郑夫没有拒绝她刚刚兑好的饮料——有浓烈香水味的杜松子、威士忌、 干邑和矿泉水，事实上，他觉得正中下怀。他一进房门便突然产生了一种莫名其妙的紧张感。他对房间内部的设施，对英美人待客的方式，对一应生活用具都不熟悉，于是有了紧张感。这会妨碍我的英语，会妨碍我表达的深度，会造成单调乏味思想浅薄的印象。他试图稳住自己，但愈是努力，这紧张感愈是强烈，而这酒，正好能帮大忙。

他端起酒杯猛饮了一口。的确是好的饮料。郑夫刚端起酒杯送至唇间的那一刹那，闻到了一股辛辣但不十分刺鼻的陌生香味，随即他的牙弓、舌尖、舌中、硬腭和软腭依次感受到热乎乎又凉丝丝的液体涌动，这奇异的感觉随着液体快速进入食管后并未立即消失，那液体急流直下，他感觉得到贲门的开合声，他觉得这琥珀色液体正在胃里四处扩散，一直浸入每一根血管的内壁。几秒钟后，他的舌头有了新的变化，舌尖腺、舌动脉、舌神经、舌静脉、舌下腺、舌上纵横肌、垂直肌全部动作起来，使本来十分紧凑的舌面突然散开，一丛丛肌肉纤维让出一条条裂隙，那热和冷的液体的一部分很快渗了下去，这种松弛的意识随着酒液的渗透进入了身体的每个角落。再后，凉丝丝的感觉没有了，只剩下些许酒精的自然作用。他明显觉得光线柔和多了，他感到很舒服，呼吸平稳了，他甚至开始仔细打量她的坐姿，而并不觉得有时不时扭开头来的必要。

他坐在客厅左边靠墙的四人沙发上，沙发是比枣红更暗一点儿的那种颜色。郑夫不太喜欢这颜色含有的沉闷。墙壁在齐腰处分成两截，腰部以上及天花板是白色，腰部以下及至地毯是深棕色，不知是后来改饰的抑或当初便是如此。沙发靠里面紧挨着写字台，上面有一台看得出有年月但仍闪着灰蓝光泽的意大利Olivetti打字机，滚筒上端露出一张印有英文字母的私人信笺的上半部，打字机左边有一本用活动铅笔隔开的没有看完的书，右边是更多的印有同样字母的淡黄色信笺。沙发的前面是一张大小得当的茶几，两只酒杯两个烟缸一包KENT牌香烟。茶几的对面，也就是写字台前的安乐椅转个方向，坐着这位笑眯眯但仍然陌生的异国女人，这位让郑夫一见面便有了好感的新老师——以往可不是这样的，比如瓦莰、迪马西和帕里在开始的时候给他的印象并不好。

在开始的几分钟内她一直笑着，不时夹杂着大笑，郑夫看得出这里面有她社交意义上的努力，他有些不快，但克制着，因为他得首先解决自己的紧张问题。到后来，不知是酒的作用还是他克制不快的努力，或者是她坚持不懈的微笑，多半是这几者的综合作用，他发现自己彻底松弛下来，松弛在他对将要来临的深谈的信心里。**[标本5终]**

上文标本 4 明显是一位外国教师在课堂上的首场演说，这个演说所包含的私人生活内容，对于不熟悉外教课堂的人来说，可能匪夷所思，不可置信。诚然，这篇演说是文学加工的结果，这位女老师“泄露”出来的“情欲历程”或“隐私”不可能是单次演说的内容，也不可能如此集中，但是，她在整门课程的不同时段不时提及这些内容，从而被有心的学生记录或者记忆下来，则是完全有可能的。发生在其他学校类似课堂上的演说内容，亦不失为构成本演讲主要内容的材料来源。

据她的演讲内容我们得知，她这么说的意思，是想要以私人生活经历证实其对美国现代文学的精辟理解，即“从梭罗到金斯堡，从赫尔曼到福克纳，全部的文学内容只有一个：他们都在像蜜蜂一样倾其毕生精力忙忙碌碌地完善各自的幻想”。她还特别以梭罗的《瓦尔登湖》为例，说明一些文学家如何为自己构筑安全城堡以求在自然状态下完善自己的人生。

对此，我们必须提及这样一个学术事实：20 世纪 80 年代以后，西方社会学界发生了重大的研究转向，就是以叙事学为中心，使其成为心理学、社会学和教育学重要的研究手段。这一学术研究转向之所以发生，除开比如在精神病治疗学中，人们越来越多地利用讲故事的形式揭示人的内心困惑的行为实践之外，还因为有越来越多的学者认为“故事是讲出来的，而不是过出来的”。

这话是什么意思呢？首先，人们有讲述故事的强烈的心理愿望，不光是关于自我的故事，还有关于亲朋好友和邻里居民及工作同事的众多故事，这是他们应对复杂人间关系的有效手段，是构造人格和强化个人欲求的精神通道。其次，讲出来的故事不一定是实际发生的事情，有些故事是编出来的，有些故事是为某种目的而特别讲述的。总之，讲述各式各样的人生故事，有利于讲述者整合过往人生经历，无论是惨痛的教训，还是有益的尝试，讲述自己的故事能为他们未来的生活提供实践指南。汉娜·阿伦特说：人生本身就是一个故事。法国大哲学家保罗·利科在《时间与叙事》中，将人生叙事的重要性提拔到了足以重写人类历史的高度。

而从学术角度看，探究这些故事的真伪，判定其叙述的方式和目的，可以为社会学各个门类的研究提供重要信息。

譬如，根据文字叙述，我们可以重新建立人类病理史或流行病学史。有学者根据福楼拜作品中的一些叙述，得出他染有梅毒的推断。还有学者根据绘画形式的叙事，得出某个时代流行痛风的欧洲病史。众多精神病患者在记日记、讲故事和集体叙事活动中找出自己的病根，挖出隐藏于潜意识中的痼结。

可是，叙事之文化转向或其显露出来的巨大益处，同时也潜藏着它自身的风险和相应的叙事责任。在极端情形之下，叙事还会引发新的伦理道德问题。例如，在美国，每年有数以百万计各个年龄段的女性起诉生父对自己进行过性骚扰的案件，一位心理学家经过筛选和初步调查后发现，真实存在的此类性骚扰案例少之又少。有鉴于此，这位心理学家建立了一个网站，为那些冤屈难伸的父亲提供申诉机会。结果，网站开设的当天，数以万计的电话打进来，一些委屈难言的父亲声泪俱下，痛陈自己的冤屈。至于那些女性为何无中生有地糟践生父，其中的理由五花八门，令人哭笑不得，又不能不令人同情。在此不议。

我们回头再来看看标本 5。

标本 5 以全能视角描述这名学生第一次拜见这位美国教师的情景。如前所述，全能视觉的便利之处，在于可以避开第一人称和第二人称的时空局限，在其动机不受怀疑的前提下，为读者提供故事展开所必需的客观描述和情景介绍。在本例中，W 大学的外宾楼处在校园不显眼的一角，除开环境优美静谧、气氛安宁宜人之外，房间布置与女主人刻意的安排，也使故事发生的场景具备足够浪漫的气息，几乎可以在此发生人类的情感表现能够延及的所有种类的心灵事件与生理活动。

继续研究接下来的标本之前，我们先谈一谈叙事分类的大致情形，以便使我们的话题能够顺利通达叙事方式的不同是如何导致故事可信度强弱的。

叙事的基本形式有至少两种，一是口述故事，一是符号系统。这里所说的符号系统，是指包含语言文字在内的一切符号体系构成的表达形式，如绘画、雕刻、音乐、表演，用文学批评的术语说，也就是今天通称的文本。

由于文本构成人类文明最显明的表达形式，其构成和诠解成果，也是人类伦理道德甚至法律体系的主要载体。

从本质上看，口述故事与文本这两者形式上的差别，并不暗含其可信度的高低。譬如，主要以口述故事为基础而形成的伟大著作，在西方以盲诗人荷马的《伊利亚特》和《奥德赛》为代表，在东方以蒲松龄的《聊斋志异》和施耐庵的《水浒传》为代表，它们都以可信的方式记载了古代社会所发生的合乎情理的人间事件，其可信度与它们自身是否在后世集纳成文本没有太大关系。

既然叙事的口述形式和文本形式与各自的可信度并无直接联系，那么，除开所述内容之外，到底还有哪些因素有助于我们判定其真假或可信度之高低？由于情欲动力学和我们对于爱情的理解在很大程度上依赖于叙事之可信度高低的辨别，我们还是再看下面这个标本，然后在下一节展开进一步的讨论。

标本 6。

[标本 6 始]

为了摆脱已是无处不在的死一般的绝望，郑夫只好步行回 W 大学。

头依然沉重，两个眼窝和眉骨之间的区域似乎要爆裂开来，肿胀像困在笼子里的猛兽急于奔突而出。由于一整天没有进食，他的腹腔内不断发出汩汩肠鸣，双腿几乎没有知觉地左右交替着，他觉得它们似乎脱离了自己，他发现自己走在前面，离肉身有一箭之遥，不断嘲笑后面没有了思想没有了意识的僵硬躯体，一个被吸血鬼抽走了灵魂的干尸。他感觉到自己像可有可无的影子，在夜色中随时可能被黑暗不动声响地吞没。

究竟是什么使你如此松垮的呢？郑夫自问。这场噩梦的结束不正是你一直料想和希望的那种方式吗，如果这的确是你一直认为的噩梦？她有什么能在离开的时候击垮你，使你像，比如说一碟青菜？

他抬头望望夜空，努力笑了一下。我知道所有的答案，为什么还问这样的问题呢？就像一个人困在火中，为了排除死的恐惧而问："我害怕什么呢？"

无辜的夜色兀自呈现自己迷人的天真底蕴，路灯的光扭曲了行人的本色。光亮并没有消失，介于蓝和紫之间的一团薄云高高悬在正前方的天空上，薄云的那面，更深的紫色在极远的视线尽头。

校园里人影稀疏，寝室里也没有一个人。宿舍左近的食堂楼上彩灯明灭，*Morning Star* 在徐缓地播放，可以看见人头在齐窗台的玻璃底部闪动。窗台底下，食堂入口两侧，破纸片在墙上闪动，是各种声明通知启事和寻物告示的残骸。这一切在沉重的夜色里令人恶心。

我得动作，他对自己说。

喧闹的周末正带来他周期性的郁闷。

可干什么呢？荧光灯射出有来苏水味的缕缕强光，比平日更明亮，更有生老病死的气息，似乎有意让他此刻的孤独感详尽地陷入照明之中。他有时的确痛恨光明。虚假的不人道的光明。

为了决定干什么，他关掉了房灯，然后把书桌上的台灯拧到最低档，最后全部熄掉。这样更好，他想，置身于完全的黑暗中，并意识到这一点。

他想起身去阳台，那儿有湖对岸射来的一团团一点点的灯火，还有一座永远在冒烟和冒火的烟囱的外形，人的思路会在热能的扩散中开阔一些，会给你至少一刻钟发呆的积极享受，甚至两刻钟，如果你情愿的话。他决定了，一分钟后起身，突然，有了敲门声。

“谁啊?”他听见自己的问话声里有激动的迹象，这给了他两秒钟不好意思的感受。他已做好准备，得以最大的耐心最高的热情欢迎这位随便是谁的来访者。他随手打开房灯，这同时，他发现床上的被子很乱，有两张凳子的位置放得不正确，还有吃剩的半碗饭菜影响室容。他以闪电的速度完成了一系列的纠正动作，然后开门。

没有谁在门外。

走廊的右侧是一堆垃圾，天之骄子们扔弃的文明秽物，左侧是一个忙着扎皮带的深度眼镜，刚刚松动了郁结了一天半的大肠，这个人做了必需的务实的事情，他想。收录机里冲出刺耳的噪声，不是噪声的则是肥厚的淫荡模仿，他的喉头发紧。

他非常生气，但显然没有发火的对象，这使他更加生气，好像手上沾上了不洁的空气。

他推门，反手将门锁上，背靠房门，闭目。也许是错觉？幻觉？是啊，这对我并不新鲜。对了，你得动，而在一间屋子里你没法动，你得行动，到随便什么地方。可究竟什么地方？什么地方？为什么不去405？ 对了，405！

他认为应该去405。这意味着换一身西服，这是老习惯，他从未问过自己为什么。这也意味着脱下这条牛仔裤，意味着洗个澡……

他觉得自己已装备完毕，可以出发了，就出发了，就下楼了。

他进了405，无须敲门，因为这间寝室的房门像其居民们一样总是敞开的。

“Come in,Steve.”他一进门便被包围在一片洋屁和下流的热情之中。

“Steve, tell us something about sex!”这样的英语听起来跟人要吃要喝时一样。

他突然觉得兴致全无热情顿消，他感到自己是个行动迟缓的庞然大物，某种单独的物种，专横而傲慢，这是融合的悲哀，这悲哀刹那间变成了无法遏止的亢奋。他严肃的表情让大家觉得惊异，室温下降10摄氏度。

哈哈，哈嘀嘀嘀哈哈……他听见自己放肆地大笑起来。得笑，拼命地笑，我们笑得太少了，这整个群体都缺乏笑声！对，你得使劲笑，你的面部肌肉得在疯狂中不停地抽动，你的眼睛在凄凉中冷静地观察，这最肮脏下流的聚合之地使你忘却陈年的伤痛新近的挫折。哈哈，瞧他们笑了，哈哈，哈哈哈哈……

他真的兴奋起来，他想让这笑声响彻整座公寓，他以往常能做到这一点。

“各位请安静，下面是古风《臭屁行》。”他清清嗓子，意思是让大家真的安静下来。

“屁也屁也何其名？为其有味而无形。臭人臭己凶无极，触之鼻端难为情……”

哄笑声震天动地，那些虚假的镜片后抖动着地道的猥亵。郑夫本想继续下去，关于臭屁他本可以背诵长篇巨赋，可以论述中国文人的哲学洞察力和中国高雅的灿烂文化，但他停止了，不声不响地出门，下了楼，左腹下闪电般向右肩方向递过一阵刺痛。

到底谁受到了嘲弄？那些衣冠楚楚的可鄙的龌龊灵魂还是已被抽筋剥皮的自己？［**标本6终**］

上面所录标本，既有客观的外在描述，也有内在的心理描写，但是，我们如何判定其所述信息的真假或可信度之高低呢？可以肯定的事实只有两点：一是，从机场送别诺冰娜返回校园的郑夫魂不守舍，心绪纷乱；二是，在这种心理状态之下展现出来的校园生活，让他几乎无限夸大其中最阴暗龌龊的一面。相对客观的外景描述，使映衬之下的心理活动顺理成章，有极高可信度。

6.爱的标本

如前所述，口述与文本叙事的真假或可信度之高低，可以凭借所述事件性质加以判断，亦可以通过外在物理环境与内在心理活动的交互映衬加以判断，还可以通过叙事前后相续的连贯性是否协调加以判断。试看下述四个标本，即标本7、标本8、标本9和标本10，看看这四个标本的连贯性能够提供何等信息。

下面是四个连续列举的标本，即标本7、8、9、10。

[标本7始]

“告诉我，斯迪维。”她倾过身来，左手食指顶在烟盒后部，拇指和中指老练地从中夹出一支KENT，右手端着的酒杯从我坐着的姿势看是相当平稳的。在这过程当中，由于我的视线和她的后颈形成了15度左右的夹角，我可以看见她后脑勺的鬈发和因为双肩同时用力而在后衣领下露出来的一条柔和的脊缝，这使我在平静之中又一次怦然心动。人们在假象和真实的人体角落间时常遗漏判断的主要依据。

“告诉我，你对Beats的兴趣是什么性质的？它是怎样开始，朝怎样的方向发展？”

“这个，我不知从何开始，很难说得准确，我意思是说，我对“垮掉的一代”是从一个错误的理解开始的。问题在于Beats这个词上。就我所知，汉语中尚没有一个对等的词可以传达这个同时具有多重意义的词在原文中的气氛。是的，语言的难关有时的确无法逾越。我以为垮掉就是在精神上倒下了，这有点像你们的一句笑话——‘那姑娘多天真，她以为Fucking是中国的一个省名’。”

“你忘了回答我的问题，斯迪维。”她将点着的烟从唇间挪开，她说这话的时候烟雾同时喷了出来，在我们之间和咖啡桌上方半米的地方渐渐散开。

“对不起，不是有意的。不过，我想你能理解不得已的走神。你可以记住安东·契诃夫的脸，暂时的，当然我只是指面部的特征。契诃夫带有令人生厌的贵族气，而彼德没有。彼德给人一种被蹂躏的感觉，一种蹂躏下的具体的美，一种可以触摸的完整现实。对了，那张照片使我明白了为什么叫垮掉的一代，但是，我对垮掉这个概念的怀疑也是从它开始的。多么希望你能窥见哪怕一点点‘垮掉’在现代汉语和我们现时的生活中所具有的黑幕一样遮天蔽日的歧义啊。

应该说‘垮掉’还是传达了一层 Beats 的意思，然而不是自己的坍倒，而是彼德一样的被践踏在脚下的美，一种无能为力的遭遇，一种孤立无援的控诉。

“不，我不是要试着解释什么名词，因为你比我更清楚，而且这在目前和今后一个时期内也没有必要。我是说，当你沉默的时候，你逐渐忘记一些东西——儿时的云朵晚风下的孤独枝节细部的烦恼，可一个概念，一阵似曾相识的躁动，一个差不多已经忘掉了的词尾突然间却引爆出思维的兴奋，十分之一秒的神经反应速度，你看到，‘垮掉’就是对自我的驱逐，在对自己的驱逐中完成流浪的意义。”

“时间，什么时间？”诺冰娜的右臂有力地夹住座椅靠背，酒杯安静地搁在咖啡桌上，这使她左手指间的香烟和乳房同时都很显眼，给人一种错觉，似乎在足够近的距离内可以看见什么，但这是无意间的恶作剧，那衣料的质地保护了她的隐私，同时又不妨碍使她有些性感，特别是在她并不急于知道答案的悠闲神态里。

“时间？可能在二年级的时候，在图书馆的书库里，三楼。大概二十岁。是的，我在书架间走了整整一个上午，三个多小时，在最边上的第三排顶层，我看到了那本落满灰尘的紫红布面书。刚一翻开，是艾伦从巴黎写给彼德的信，读了一半，再一翻就是那张照片。

“后来的事情我记不清了。在所有可能藏这类书的地方，我睁着饥饿的眼睛。

“当然我也清楚，实际上我的脑海里一直有这样一幕：杰克和他们驾车疯狂疾驰，雪原、草地、月亮、佛罗里达的春天和草丛，以及散发着新鲜牛粪味的庄稼地；所罗门披着纠结不清的长发独自行走在高速公路上，鹑衣百结，手捧着一本沟边捡来的不知书名和页码的书，一边走一边看。六年来，这形象一直在我的生活中，是希望。垮掉的引人之处，确切地说，对我而言是与世无争的脱离烦恼的漫游。没有目的地，没有冲突，没有常识指导人们所做的一切。

“我，我们这一代人中还有人过着痛苦的生活，那是因为时代和背景的共同作用。许多人坚信正直和人道是做人的基础，他们并不急于拍卖自己，他们仍然把幸福观同正义感连在一起，有一部分人甚至愿意为旧我献身，所谓‘朝闻道，夕死可矣’。这是奇怪的现象，悲剧，不是吗？

“换句话说，在我，庞杂的渴望和固定不变的怀旧天性在敏感的触觉里搅成一团。我追求乐观的厌世。约翰逊博士说：看天空飞着的鹅呀，都没有煮熟；唐代诗人杜甫却说：君看随阳雁，各有稻粱谋。这是东方人和西方人的区别，但意识到这差别并不说明你能一下子改变这种差别。顺便说一句，杜甫是个好心肠的人，他曾梦想突然出现成千上万的房子，以解决当时的住房问题。这就是进退维谷。

“经过这么多年，我觉得一些很迷乱的事情终于明朗了。

这是一个晚上的事情。那天晚上，被太阳炙烤了整整一个夏天的月亮在凌晨三点高高悬在那些屋顶的上方。这是一个贫穷的住宅区，但在月亮的抚摩下，这些高低不同的楼房像天真的孩子一样并肩依偎着，依偎在月辉的催眠中；风在不易察觉地流动，身上裸露的部分感觉到一阵阵的寒意说明了这一点。不远处有一棵很高的孤树，只有最顶端轻轻摆动，人们在睡梦发出规则或不规则的呼吸；安静给人以孤独，同时又在意识到你独自于夜晚清醒着时感到的害怕里掺和着一种秘密的欢乐，这就是纯粹的孤独，一种感觉，而不是情绪；远处的列车送来遥远的汽笛，我就在月亮底下说天啊这是一个美丽的国家。

“我想这是全人类面临的难题。个人与个人、集团与集团之间由于共存而有矛盾和冲突，需要有一个更大的组织来平衡。然而长时间存在的东西发展过头就会失去原初的意义，就会变质，变成另外的一种东西，比如一只坏鸡蛋，除非随时倾听来自人民的意见。然而人们爱自然，爱熟悉而又陌生的国土山川河流植物动物，并在这些东西上面寄托自己的一切感情。我所以说要怀疑‘垮掉’，是因为他们没有垮掉，他们爱生活当中自然的东西。这是另一重矛盾。

“我实际是说，我对生活的理解在很大程度上自觉受到了他们的影响，那群被叫作疯子的人，在你们那儿，也在我们这里，影响那种对自然与正直人生的热爱。

“举个例子说。北京有个旅游的地方，是皇帝皇后消夏的别墅之类的地方。那天黄昏，我一个人沿着墙根独行，蝉鸣像冗长的无聊谈话，墙外是速生植物般的现代建筑，你看不见但能在破旧的墙垣之下感觉到。天空烧着辉煌的落日，我走着走着就想哭，顺便说一句，那时我刚刚经历了一场至今不明原因的爱情打击，但那想哭的原因却与那场遭遇毫不相关。那是 1984 年夏末初秋，刚才说过，天空烧着辉煌的落日，蝉鸣不断，我想起了巴勒斯独自一人在南美大陆的丛林中虔诚地熬制包医百病的药草的情景。那是一种救世的冲动，神圣而伟大，天启的愚行，因为他，我无法首先救助自己。所以，在摩洛哥的丹吉尔港，在一家二流妓院的后院里，《裸体午餐》的手稿翻滚在落叶丛中和啤酒瓶堆里面的同时他却还在接连不断地在戒毒后的黑底白字键盘上没命地敲打，像敲打自己堕入深渊的灵魂，这些善良而被文明和道德抛弃的孩子，我，他们。

“在我，‘垮掉’是新的人生理想选择，是对文明的反叛，是成熟得开始腐烂的虚假文明——不公的道德、邪恶的权威和自然对人的压迫。

“这里的矛盾，你不说我也清楚地感知到了。有两个自然，一个用眼睛和耳朵，一个用情绪和心灵。我自己时常就徘徊在这两个自然之间。但有一个东西是可以将它们统一起来的，这就是为什么我说他们没有疯的原因。金斯堡 1984

年来中国，一位善良的女作家对他说你可是失去了头脑，他说：‘我根本就不想要头脑。’在头脑的世界里，人们早已经没有了头脑。这也就是说，思维的看不见的自然和可以触摸的外部世界可以在独立人格中统一起来，可以为心灵的眼睛看到。[**标本 7 终**]

[**标本 8 始**]

煎煳了的鸡蛋，她的邀请突然而令人手忙脚乱，一时间不知所措。绞成一绺绺的圆圈发型给人以持续不断的怪诞感和荒唐的贵族气息，前突得相当严重的简·爱式英式前额下倒是一双戏谑然而诚实的深陷的大眼，还有发散着坦荡和肉感、无可挑剔的脸色。

并不仅仅因为就在课堂上当着全班老少爷们还有系主任的面，也不完全因为这毕竟是彼此脚跟磕脑勺的第一次照面，关键在于我活了二十七年还从没见过课堂提问之后立马被提问的人邀去做客的。（“爱我吧，人们！”）这叫全班同学如何想？多不好！

事情过去一年多，去年落下枯叶的梧桐树今年又不断翻滚着片片落叶，可她那几句话始终有眉有眼、清楚别致：“我想要个别与你谈话，今晚七点。当然你有权拒绝。”这最后一句把她自己也逗笑了，我也嘿嘿两声，似是而非，模棱两可，班上有一半能适应新泽西口音的也在一旁合不拢嘴。

中国有句俗话，寡妇门前是非多，那意思无非告诫人们不要随便接近单身女人，如果我没理解错的话。诺冰娜虽非寡妇，但今天说的那番话会叫人瓜田李下，有些人甚至会顿生邪念，因为那“爱我吧”放在句首可能是床上词汇。

拒绝？可为什么呢？我记得自己向来信奉“来者不拒”的原则（据老巴考证，这词儿是阿拉伯民族古老的俗语，14世纪因其适用性而由丝绸之路传入中原。老巴还说，这是他在研究同时期的中东粪石学的时候偶然发现的。他说这话的时候表情严肃，深度镜片后闪着智慧的光芒。嘴角向里折进，这是明显的自豪感。出于对他的独特人格的敬仰和最起码的人道主义精神，当时我恨不能信以为真）。对，为什么要拒绝呢？三百年前的美国人，呵不，你们讲英语的国家有句俏皮话不是说“无论什么试第一次总可以的，哪怕一堆屎”吗？瞧，这比喻多恶心，再说别人又不是真的请你去吃屎。我这是怎么了？一急之下我说：“有酒吗？”又是一阵哄笑，这笑声里明显夹杂着系主任的，我稍为安定了些，因为我们总在不断地被告知，每个中国人都有不可推卸的责任和义务在外国人面前不卑不亢。我小心地坐了下来，刚好下课铃响了，我像个摇摇欲坠的拳击手刚要倒地时“被锣声救了”。

那天，当她夹着讲义夹裹在花裙子里兴冲冲步上讲台时，我立即窥见她掩盖在强装的镇定中的焦虑。经验告诉我，当一个人过于自信时，他一定不自信。外籍教师最怕“教学紧张”，而避免这种惨剧发生的最佳办法莫过于倾全力于第一印象。其实，生活中其他的场合又何尝不是如此？她的明显看得出是事先编排好的开场白证明事与愿违，起码对我是这样。尤其我不喜欢有讲稿的老师（不过这是错误，后来的事实证明她是个冲动型人物，她所开的两门课的讲稿不知不觉间踪迹难觅，有时连课本也不见了。圣经文学期末考试，她只出了一道题：“当可怜的，头戴荆冠，满脸唾沫，受尽百般凌辱且对圣父从无怀疑的耶稣基督被钉上十字架时，他临终的最后那句话是什么意思？限1,000单词。”）。是的，我不喜欢按讲稿讲课的教师，因为那说明他对材料没有把握，因此也不称职。好的老师开书单，聊天和说专业笑话。

她像很有胆量似的自觉撕开了讲台这道心理屏障，站在它的右侧，这企图是要给人以亲近感。由于这个姿势，我很快从桌上的一本词典里抬起头来看了一眼，我决定：这是个肥胖不知道有否学问然而像强磁一样暗含着纷乱性感的外国女人。

我用自己改进过的速记法在词典边楣上鼓捣着一串符号，这同时她的诗情像宿舍盥洗间夜晚的龙头哗哗流个不停。那些我听起来如闻天书的话使我不敢抬起头来再一次盯着她看，长期以来我有为别人说错了话或做了一件愚蠢的事而产生代人受过的肉麻感的坏习惯。说得坦白些，我只在她扭头往黑板上左高右低地画几个大字母时才看她一眼（顺便说一句，她的板书像血友病患者一路滴滴答答向右边直到黑板底部被讲台挡住视线的角落，那地方被认为是“黑暗的旧社会”）。这也就是说，在她转向黑板又转回来之间的空档里，我的双眼东张西望，像患了多动症一般，上下左右，不亦乐乎。

当时，我那双早有准备的充血的眼睛果真能将她稍显肥胖然而不乏性感的外形经由视网膜的工作通过大脑枕叶视中枢转换成张张色情画片吗？换句话说，我真正等待着的究竟是什么？

它是除色情之外的任何东西！

可这话听起来就好像我是不食人间烟火，喜欢在不必要的时候扎上领带的伪君子。反过来说，沉湎于不可救药的爱术探究难道就犯了弥天大罪？当时，应该承认，她的花裙在身后有预谋地造成了这样一种情景：当她转身在黑板上用力地写上几行字母时，她胳膊上的力依解剖学肌肉丛的牵引清晰地逆转至左肩（她用右手书写），然后是左边腋窝和脊背中缝之间的地区，这之后，力的走向变得模糊。严格说来，那肌肉丛确切的分布在腰部以下便消失在她色彩迷乱然而松紧度符合庄重标准的花裙上，也就是说，在她的臀部，肌肉（现在可以说是女性脂肪）与衣料的接触闪闪烁烁，若即若离——就好像一个有点年纪但仍然胆怯的男人与他情窦初开的妙龄女郎第一次接吻——我说预谋，是因为班上除开女学生之外（也许）所有的男性均明显集中目力在打量那片神秘兮兮的危险地带，只是依灵性的不同而在撕开那片薄如想象的衣料时看到了不同的东西。在我这方面，就我记忆所及，我想到了菲律普·罗思对女人后部前无古人后无来者的精彩描述：世界上最完美的油桃！

问题就出在这里。当我想到这个精美的艺术品一样的比喻时，我笑了，像我任何时候想起它来一定要笑一笑一样，而且笑出小声来（有人在教室里写着“不准大声吐痰!”)。这笑声吸引（或打搅）了她，她猛然转身，发出了问题之后的邀请。

这种对第一次被陌生外籍女性教师邀请的原委的交代显得不负责任，然而此刻，跟我相对低沉的情绪比较起来并不十分重要。我现在关心的是，那笑（附带没有礼貌的小声）难道仅仅因为那个比喻吗?

那一笑当然只是一次事故。在不到一小时的时间里，我直觉地意识到这不是一个简单的女性，她用词的范围和有时候严肃的表情让人得出这样的结论——这是个有非凡胆识和丰富经历，仍然在对上帝提出荒唐问题因而也可信的人。在她讲到自己的经历时，我有一次与她的目光相遇，那个直觉便产生了。

虽然日后的事实证明我当初的直觉有很大一部分像女人一样灵验，但当时在那样短的时间里下那样的草率结论的确荒诞不经，让人云里雾里好生奇怪。

在数不清的漫长日子里我忍受过重复了千万次的关于家庭、婚姻、工资、生活的有无意思的谈话，人们带着满足和激情摇头晃脑拍卖自己的天才、智慧、对于生活独一无二的理解、被埋没的痛苦以及生儿子和女儿的各自的好处，其实都一样，新社会嘛，等等。大多数人觉得没有必要总记得羞耻，没命地吹嘘自我价值，且要证明它，从《亚柯卡自传》到《毛泽东晚年》、《毛线编织100例》、家具款式、豆腐制法、节育知识、清宫秘史。有天碰见以前写诗的一位同学，西装革履，谈吐起伏，周转正常，眼睛里闪出精通推销术的神采，我很高兴地转身走了，终于有了人才，但怕他兴之所至将我也便宜卖了出去。可这又有什么错呢？东西总归有人卖，既然需要买。这变化并无错处可言但又不习惯，如婴儿吃了激素滋补品，浮肿的健康。

而在这些日子的间隙里，在个别人的紧张中，他们有人想到月光下海面几根带血的羽毛，有人在夜晚焦虑不安，对时间的流逝抱同情心，为昔日的恋人怀孕在别人的卧室里暗暗发抖。

交流——不必选择词汇的沟通，我在渴望！变化，动作，为了更好或更糟！

时日在流去，那些未完成的交流突然中断在空间的分隔里，这是命运的安排还是你我双方的错误，诺冰娜，Robyn！？［标本 8 终］

［标本 9 始］

夜已深沉，它的底色夹在零星的灯光里，像人的眼珠。

郑夫往程教授的住宅走去。那是图书馆对面的一座两层楼房，石灰墙面多处剥落，像巨大的斑秃的水渍纵横的老面皮，跟新建的图书馆比起来，更显风烛残年。

已经没有选择了。郑夫想，我，我们这一代。

可怎么开口呢？他，“伪国大西语系”毕业，折了一条腿的老教授，在莎士比亚的迷宫里摸索了半辈子，难道注定要再一次经受点什么吗？

前年元旦，郑夫记得，师生联欢，欢声笑语多得像烟蒂和瓜子壳。年轻人弹唱说跳，程教授被拥入教室中间。

那么安静，教室里的联欢吵闹，因为他沙哑的老嗓子安静下来：

那一天，当我们年轻的时候
在五月一个美妙的早晨
你说过

你爱我

当我们年轻的时候……

歌声那么认真。我刚巧在对面角落里，低头看着烟灰在烟头上愈来愈长。第一次听他唱歌，这首《翠堤春晓》插曲和着他的过去、他对往昔的怀念，一直进入我的心底。就因为当过阎锡山的翻译，就因为爱过国民党的女儿，他在那期间被截走了爱情和一条灵活健康的腿。每隔两天，在依山而上的石级上，在午后两点半的疲倦里，他艰难的身躯架在一条半腿上，一级一级往上数，数到第八十三级时才停下来，喘着老气，再往教室摇去。一百八十元工资承担着儿子的婚姻女儿的嫁妆和每日的开销及物价的变化。

郑夫犹豫不决。

可我得让他理解，最起码也该让他知道，不能不辞而别。程教授刚刚经受了一场打击。他的一个弟子，曾经是“三好学生”标兵，死乞白赖投在门下，声称献身英国文学，可不几天为了出国方便改为“艾略特研究”而投靠了另一位教授，甚至不打一声招呼。他背叛了诚实，背叛了《威尼斯商人》，也背叛了一个老人难得的信任。我亲眼见他老泪纵横，不能自已。

郑夫拨了586。

“程教授，能跟您谈谈吗？”

“郑夫？这么晚？”

“……”

“来吧，马上来！”

在与家人隔开的斗室里，瘦弱的教授立在荧光灯里，在一顶阅读时一定要戴上的黑色阿拉伯毡帽下。四壁由高低不一的书籍、文稿和杂志堆成，一张加了绑腿的竹椅，一只烟缸，无数病痛和沉默的时光残留在斗室的空气里。

郑夫接过导师递来的烟，手微颤，喉头发紧，堵得发慌。有一刻他想放弃刚刚下定的决心。

那双老眼在无神的注视中渗出混浊的理解、安慰和鼓励。郑夫考虑怎样开头，但沉默是唯一的结果。

“有不顺心的事？”

“没有什么特别的，我只是来跟您道别。我不想读书了。”他停了一阵子，望着手中没有点着的烟。

程教授清了清嗓子，像是要说什么，却只是抽了一口烟，继续平静地望着他。

“不过，我会把论文交给您的，不知什么时候，但一定要交的。”郑夫控制住自己的情绪，接着说，“我不知如何解释中途退学，但这不是一时冲动。继续读下去已毫无意义了。哈姆莱特何以一再延迟复仇，我无法静心思考了。相反，我更关心自己为何如此迟缓。”

郑夫说不下去了。他看着教授，看着饱经沧桑的历史，

他觉得自己完成了在黑暗中与上一代目光的交接，尽管自己可能会因此堕入更深的黑暗。[标本 9 终]

[标本 10 始]

诺冰娜去了卫生间，花十五分钟彻底清理了她的泌尿系统，也就是，在回答自然的呼唤的同时赶走了全部尿意，仍旧坐在原来的地方点燃了另一支 KENT。

“斯迪维，我想，在所有的精神故事里，情绪的发展必然有可以追溯的源头，这是西方人的逻辑，对你也不应该有太多的例外。”她说这话的时候表情有些惘然，犹如沉湎于某种回忆之中。

“刚才我说过，我对 Beats 感兴趣是一个偶然的误解造成的。当然，必然的因素也有，我没有长期沉湎于尼采式的狂人处境，这是足够的理由和证明。但我看不出这和我以前的一切有何重大联系。如果你指的是我童年的创伤，我没有明确印象。啊，童年，人类奇怪的自我安慰！当你意识到每个人的童年皆有自然的悲欢时，你无法意识到你自己的有何特别。我明白这其中的道理。人类趋向于保护自己，接弗氏的说法，哪怕用梦，用死亡本能，当你在现实的控制下不断压抑自己的时候。在夏志安的译作里，我读到一个片段，说‘亚述帝国’的朝霞何等肃穆庄严，神圣辉煌，这是安慰的体现。亚述帝国是残酷的，朝霞，具体来说，当火红的朝阳巨盆般突出雾霭的封锁升起在城堞之上时，那很可能是一场剿灭异族的阴险暗示。我意思是说，当人们回首往事时，这样的心理过程是常有的：他竭力忘记那些漫长而痛苦的日子，却极力美化一些宁静的时间片段。就我记忆所及，我的痛苦的童年像一枚酸果长久浸没在恐惧、孤独和没有同伴的寂寞之中。太阳每天升起来，我们的回忆在需要的时候像探针一样刺往童年的每一个黑暗角落。在我这方面，那些只属于个人的、隐晦的所在，在我试图解释它们时冲淡了我应该能得到的安慰。午后无力的光线下，一个想见外婆的小学生，在有生命的麦浪起伏中，行走在矮堤上，静寂的天空下只听得见大地本身的旋转声，而哭声传来，嘤嘤地，在新坟之上，那来自一个遭迫害的绝望的寡妇。可怕嘞，童心，它自私而无知，由于惧怕那座木楼里死去的故事而宁愿挤在另一家的茅棚里。这过了几十年才意识到的对于至亲的伤害，使我总觉得对已故亲人们的死亡有迟到的内疚感。顺便说一句，你处在一个有时候完全无法理解的人群和文化中。举个例子说，在中国，有 80% 的男人曾以奇怪的方式依恋他们在世或不在世的外婆，同样数量的女性依恋她们的外公。外婆外公们凭什么赢得他们的信任和爱恋呢？说起来，作为一个在大洋彼岸相对新生的文化中成长起来的孩子，你无法理解和相信神怪故事、怪诞人物、旧式教育方式下的恐吓和溺爱。在我，外婆的纺车蚊子一样嗡嗡响在我童年时代暗黯的光线里，沧海桑田的灰白罩衣，一张小凳子，在纺车慢悠悠永远没有完结的转动中，一个八岁小男孩窥见前院后门门槛上坐着抱着孙女的文汉老爹。

“二十年前，那是怎样的一些黄昏呢？一切美好的秩序早已被暴力颠倒，那些木楼上成捆成捆的书和皇庙村老人们的传说依稀勾勒出我未曾谋面的外公形象。我经常生病，独自躺在病床上，在自己的家里，窗外的小溪在裸露的白石间流过，人从窗下走过时会在天花板上倒映出移动的影子，一连几小时，十几小时，一个还不知道谛听自然秘语的少年等待在对人的渴望中。我沉浸在孤独中，对着一个私塾先生、保长和写状子的外公模糊不清的形象。而外婆的目光在深不可及的痛苦中仍然温和，真诚可靠。那双眼睛深藏在有无数美丽皱纹的眼眶里，那些稀疏的睫毛掩饰着早已淡漠的爱情故事，没有泪的痕迹，没有自由舒展的时刻，那些诅咒和怀念，埋葬了她的开心时光，也堆积起了我的回忆。在堂屋右侧的木板上，她一动不动，母亲迟到的泪水注满她左边的眼眶，哭泣永远没能唤醒她长眠的决心。一切都太晚了！我甚至不会哭，仅仅因为陌生人太多。

“那么文汉老爹呢？为什么在我自己的内心开始苍老时会再一次想起他呢？不久前的一个清晨，月光从被人类踩踏过的月球山上射到我住的宿舍上方，通常在这样的时刻，我极容易步入童年时代的印象中。那天凌晨，一张红里透黑的老脸在寂静中突然呈现在我的脑海里。

“这是个特别的人。村上无论男女老少长幼尊卑一律叫他文汉。小的时候，我没见过皇帝的样子（长大了也没真见过，他那样子可能就是皇帝吧）。他比村上所有的人都要高，黑红的脸膛，黑红的脖子，左臂是黑红的，右臂也是黑红的，昂首挺胸，走路跟所有人都不一样，永远不对任何人讲话，幺娃还说他爱打人，可我从未见他打过人。‘外婆，为什么他不是我们家的亲戚？’外婆只是笑笑。外婆说，给他一块饼，我给他薄饼。他不吃，往前走，没有停下来抱我，没有和我说话。不过，他笑了，对天发誓，他对这小镇来的娃子笑了，不信你去问嘛。幺娃直摇头：‘他从来不跟别人说话的。他爱打人。’”

“你常读福克纳吗？”

“有时候。不过，福克纳在叙述整整一个地域的传统，而这里，只是一个小男孩破碎不全的童年之梦，他独有的敏感造成了日后的悲剧。”

“说下去。”

“不，文汉老爹不是一个完整的故事。阳光照耀在皇庙村，照耀在颠倒了秩序的大地上，参天的皂夹树给前屋的院子里筛下了万千弯刀的影子。碾谷用的磨盘永远盖在那里，镇住了尚在呼吸的文汉老爹。幺娃说他就在那里，在磨盘底下干枯的深井中，疯了。

“你瞧，童年是永远无法重新拼凑复原的一张画。它消失了，被岁月和新的经历搅得支离破碎。进村是一棵高大无比的皂角树，出镇不远便可望见那皂角树和树上的三个大鸟巢，树底下是一些老人和孩子的脸。最后，当消隐的历史和传统随知识和阅历的增多而渐渐复活的时候，仇恨的种子就像隔代交叉遗传一样植入一个敏感的灵魂，那些关于我那保长外公的故事，外公的敌人成了母亲的丈夫的故事……这些荒诞得令人打噎的故事。

“我真的不知道，事实上谁也无法弄清楚童年从何开始又在哪里结束，你遥远的追忆隔着现实的痛苦在知觉形成的认知系统里盲狗一般东走西撞。在雾蒙蒙的一个清晨，在火车站闪烁的红绿灯下，你在神秘且新鲜的雾气中刚刚明白了意识对于历史的意义，你刚刚觉察到悲剧的变化，就挤在候车的人群中间，准备北上到几千里之外的另一个县城去躲避灾难。这就是我想得起来的童年景象。童年的梦在车站醒了，世上生活着不同的人们，我第一次远离家乡，永远告别了童年。

“童年以后，一切开始于另一个固化的图景，也是一种诱惑，它的确曾经改变了我的生活、我的命运——它像一种并无特殊意义的响声潜入我的脑海，像泥土一样干结而明显，它挤占了那儿的一小块地盘，从那以后便不时地压迫我脑海里的每一根神经，顽强地生长，扩大，直至我后来有一天承认了它的存在。

“也许是七年前，也许是十一年前，总之我不得不舍弃这种努力。但那的确是一个黄昏，因为直到今天，在我行走、阅读或忙于某件可有可无的事情时，那黄昏和周围的一切会猛地闪现出来，它就是那样发生的，没有一点预兆，没有合理到来的理由。它撞入眼球，刺激视神经——那轮足有澡盆大小的落日（中国的澡盆是木制的，圆形，直径通常在一米左右，另外，请原谅这种粗俗的比喻，当初我一开始就是这么想到它的）。它就在很近的地方，在一座水塔的顶部，孤独无伴地射出傲慢的斜辉，冷漠、超然，但令人同情。

“这无非是说，当那个黄昏真切的孤独伴随着落日的形象强烈地撞入我的内心时，作为一个学徒工我有了最初的觉醒，生理上的性觉醒和精神上的使命意识，后者在若干年后被现实粉碎。从那以后，我时常脱离自己，从麻木不仁的角度观看一个十五岁的肉身。这是一个进步，一次飞跃，

“这以后不久，大约凌晨四点，间壁一个高个子，瘦高个子，下夜班淋浴后坐在卧室中央的书桌旁，异常明亮的白炽灯照着他湿漉漉的长发，袅袅烟雾，一张自信、倔强、棱角分明、英俊的脸，那皱起的眉紧锁在当时非常稀有的尼采著作和黑格尔的逻辑里。

“这是个孤儿，我知道他心里仇恨的故事。十几年后的

一天下午，我又碰见他了，一个失神的油漆匠。十几年前那个凌晨的景象已永远刻进我的记忆，那个男人，在隐蔽的仇恨里抓住生命的每一次冲动。

“生活当中这一幕幕一闪即逝的图像构成了我对人的理解，也构成了我自己。那一天，在枫园入口的下坡道上，我走在保尔的身后，当时我还不认识这个黑人学生。阳光在正午的天空追逐白云和南面来的凉风。保尔突然回头走了六七步，弯腰捡起一块碎玻璃，扔到路边的土坡上。我很感动，想说点什么，但他像什么也没有发生一样继续朝前走。记得六岁的时候，我上一年级，每天要经过一个老太婆的门口，有一次她叫住我说小朋友帮我穿线，我穿了。以后常停在门口问她是否要穿线。有个青年诗人描述过这种弧线，他叫顾城。我说这些是讲我不诚实是从那儿开始的，后来再也没干那样的事，我当初所做的也仅限于穿线而已，而要它产生意义还得动脑筋，但我没有，尤其是在我弟弟参加劳动运土砖，被满载的板车从胳膊上碾过血肉模糊之后。我开始觉得人不应该干虚假的事情，特别是对自己，更不应该被教着这样干。

“文明要求人选择哭和笑的时机，而想哭就哭、想笑就笑是人真正的需要。趋向一致，趋向蠢笨，趋向荒诞，这是文明指引的方向。我得同意这有理由。每个人都以独特的方式和意见各行其是，那就构不成社会，社会之不存在也无所谓人的生存。我们处在进退维谷的困境中，但这并不能成为困境存在的理由。

“我这样说违背了自己的初衷，真实的情况是，有一部分人在一场血淋淋的噩梦醒来之后忘记了他熟悉的一切，在他们应该成熟地对待自己的言行时，却对过去的道德人心，对陪伴自己几十年的生活信念产生了强烈的厌恶。他看见自己突然间醒来，发现了一个完全不同于几十年教育所说的现实。他被现实残忍地撕成一片片，他的精神像病人一样裂开，露出他本来的、善恶交错、人兽兼备的本质。是灾难。是毁灭中的新生。”

“新生？是指你自己还是一代人？”诺冰娜猛然插进。

“这很重要吗？”

一股怒火升了起来，这就像人在睡眠中被突然吵醒一样，一股爆发的冲动几乎使我扑上去咬掉她的耳朵。

“这很重要吗（你得插进来），这个问题？很显然，这是我能给你的全部答案。你得理解我转移某些话题的难处，我崇拜伊索就是因为我无法超越现实的封锁表达自己。或者，让我问你一个问题。鲍勃·迪伦在声嘶力竭时，他的孤独是个人的，还是大众的？赖特被看成是一个强有力的黑色男性，威胁着整个充满罪恶、像百合花一样洁白的世界，那是他自己的，或是一个被压迫和被剥夺的黑皮肤世界？还有，当艾略特唉声叹气地在荒原上找水时，只有他一个人口渴吗？最后……”

我猛饮一大口，一个动作在我脑中成形，但还未来得及付诸实施便被自己打消了。

“唉。”一声汉语叹气。“对不起，”她端着酒杯坐了过来，紧靠在我的身边，“可我不理解这个问题本身在你我之间也那么重要。”她努力和善地微笑着。我，我在发泄和自己也不太明白的怒火里，在伤感和疲惫中头晕目眩。**[标本10终]**

标本7中的主要信息如下：

师生二人就“垮掉的一代”这个文学现象进行谈话。

郑夫耐心解释他对“垮掉的一代”产生兴趣的起因和根源。

师生二人似乎对该话题有共同兴趣，彼此有了共同话语。

根据标本8：

师生二人的私密接触超出学术交流的范围。

根据谈话内容，两人对文学的理解相当契合。

郑夫开始以男性眼光打量这个异国女人。

在标本9中：

郑夫准备退学，前往导师处告别。

他比较了中外两位老师的情感遭遇。

郑夫对同胞教师的理解理性而客观，同时流露出明显的宿命气息。

标本 10 继续上面的对话：

郑夫透露自己童年的敏感触觉。

他说明自己青春期尖锐的透视能力。

郑夫说服对方相信，他对人类共同困境的理解与其外籍教师是相通的。

上述四个标本前后连贯，话题集中，气氛严肃，既符合师生交流的正当性，亦为两人共同的下一步发展做好了铺垫。因此，这是符合情理的一段真实情景描述，绝大部分信息可信度极高。

7. 从崦嵫山起航

亲爱的读者，通过上述十个标本，我们已经大致了解情感信息提取的主要内容和手段了。鉴于人的爱情观取决于言行及言行背后的情感驱动力，其中最主要的动力为情欲，从上述十个标本中，我们已经可以提取足够数量的情感信息，用以判定这个名为郑夫的学生与其外籍教师之间的大致关系了。根据标本中已经提供的外在信息与内心描写，该师生关系是一种爱情，至少是一种密切的两性情感关系的特例，这已经是我们确信无疑的事实了。

然而，爱情背后最强大的驱动力，即情欲，如果能够成为情欲动力学中的核心内容，作为实验心理学的一个重要分支，它一定还有其他重要原理是我们必须要进一步掌握才能判定一种爱情关系的本质属性，因此，在我们就这个情欲动力学展开进一步的论证之前，还需要借助这两者之间更多的情感信息，才能增进我们对爱情实质的理解。下面，我们再看几个标本，看看这些标本中提供的情感信息会为我们提供何种帮助。

下面是标本 11、12、13 和 14。

[标本 11 始]

毛子：

托老巴带来的《狼之夜哭》和《少年樵夫》都收到了。要我说些什么，可除了几杯苦酒遥相祝福外，我能说什么呢？你孤独，你四处流浪，你在南国的荒岛上对着无情的海浪和故去的时间发出痛心的号叫。可你毕竟还是一匹野狼，你有你撒野的时候，你有你表达愤怒的自由。可我呢，我像一只老鼠，像卡夫卡笔下的老鼠，在人缝里钻了这么多年。唉，就像诺冰娜说的，我们都太固执了，是“最后一批贫穷破落的精神贵族”，在自设的樊笼里死去活来。

说点高兴事吧。说起诺冰娜，我得顺便提一下，自从我跟她讲了你的事情后，她一直非常想见你，说如果在她回国前见不到你，她就没我这个朋友。我他妈这可不是在拉皮条，但回来后你可真的得见她一面。她是新泽西州佩特逊人，跟威廉 · 卡洛斯 · 威廉斯和金斯堡是同乡。从我目前的接触，真他妈挺哥儿们的。眼下她在加州斯坦福大学攻读医学博士，但读了好几年也没通过，一时怕也没什么希望，所以，今年秋天，她来我们系里教书，好凑一部分费用。当然，她说主要是为了看看中国。估计还有其他原因。前不久，她给我看了她尚未完稿的一部中篇的开头，叫《雨滴》，还有一张她和物理系某教授（五十余岁）在斯坦福附近的一片树林里的照片，这两相对照，我便猜它个十之八九了。他姐姐的，中国人到哪儿也不是吃素的嘛。据说她给那老家伙去了两封信，等到如今依然石沉大海，她挺伤心的，我也不知如何跟她解释。那老家伙拖儿带女，好不容易捞着个机会，可这真刀真枪地干起来，他如何消受得了，那日子能好过？

《裸露的天使——“垮掉的一代”》终于译完了，亏她帮了大忙。说真的，这人不仅坦率，而且还挺仗义的，起码眼下我这么看。她在美国的确受了不少罪，父母早年离异，按我们的话说，是个苦命人。十六岁上就拒绝了父母兄弟的一切经济援助，不知这许多年她是怎么过来的。达人知命，她也从不过分要求生活完美，待人接物挺热心的。她介绍我认识了好几个在这里留学的学生，还有一些美国教授，与他们的谈话真是人生的一大享受。其中有个叫保尔的黑人，你真该见见，他会十二国语言，包括祖鲁人的各种方言，跟我们同年生人，在这里学哲学。我还从未见过如此年轻而学识又如此渊博的外国人哩。顺便说一句，他跟写《根》的那位亚历克斯有远亲关系，对非洲有特殊感情。他也在读博士，十几年了，我猜他的脑中一直就响着几百年前非洲丛林中的咚咚鼓声。有一次，诺冰娜问他，说非洲人一边干活一边可以在田间干那事作为休息，保尔气得面红耳赤，愤然离席，可第二天又自己跑来道歉。

……[**标本 11 终**]

[**标本 12 始**]

这是一场械斗，一笔肮脏的交易——她牺牲了别人对她的绝对好感而换取了暂时的满足，我失去了高傲而赢得了喘息之机——对双方都无纯利可言，几个月来的亲密蒙上了阴影，微妙的平衡开始倾斜。

那张饱经磨难但一直在过去的几个月中释放出智慧和人生意义以及成年妇人的雍容安逸的脸（克莱芒的悲哀——“多么短促啊，樱桃时节！”），那些顺着笑声和柔和灯光在彼此的默契中从容展开的生命纹路！在怎样的魔力控制下它们像从未见过的昙花匆匆谢过不复来临！

这黄种人的骄傲和悲哀——谋略深匿于屈服之下，声调、表情、姿势和无助的眼神！

我先征服了我自己。

“我需要你的帮助，比任何时候更甚。或者叫理解。”

“理解什么？”她似笑非笑，保持最后一线感情联系但又不失反戈一击的机会——这控制人的表情最为可怕，几个月来我也第一次看得如此真切。

“缺考一门课意味着拿不到文凭，而文凭是重要的。”

“那又怎样？我只不过照章办事。”

“当你照章办事的时候我将失去三年的一大部分意义。你知道我在说什么。”

“恰恰相反，我不知道。我知道的是，你三分之一的课时没有到堂。取消你考试的资格理所当然，你们系里的规定。”

“完全正确，但这正是我今天来找你的原因——这个事实在你的控制范围之内。”

“我不明白你的意思。”她的心迹暴露无遗。

“你明白，你完全明白。你可以假设什么也没有发生——我没有缺课，或没缺那么多。”

“为什么我得替你改变事实？”她这一刻的眼光直露锋利。

我被击中了！陷入彻底的困境之中！数不清的猜测舰队般滑过脑海，为什么？为什么？一，二，三，四，五，六，七……

你唯一的选择—— 激怒她掉进愤怒的泥淖，找到原因，有的放矢。

“那你怎样解释你的笑，当我向你告假的时候？”

“笑？什么时候？你请假了吗？”

“是的，我认为你的笑是默许，我说我得去看一个生病的朋友，你问男的女的，我说女的，你就笑了。”

“万能的上帝啊，有人在说谎。好吧，你看了一个女朋友，我笑了。但这并不能改变你缺课的事实。”那种愤怒和嘲讽之间的笑又一次扩展在她脸上，被背后的灯光扭得狰狞。

“事实，事实，事实是你在以邪恶的方式利用你手中的权力，滥用！事实是我在五年前已看透就连你自己也不喜欢的上帝。事实是在我完全有能力完成试题的前提下不必听你唠叨上帝的故事。事实是现有的教育引导人们走向愚蠢，压抑觉醒和创造，并以旧有的传统和秩序将这一堆外表像金字塔一样庄严神圣而实际上只不过是一堆狗屎的东西强加在一代人身上。你的邪恶在于，你明明知道这一切，你自己也这么看，而你出于个人的某种邪恶的需要而利用它 。这邪恶的势力！上帝有力，你说。可上帝从一开始就是邪恶的，为摆脱自己的孤独他捏造了人类。为了奴役人类他禁止知识的传播，因为人类的觉醒他又推人类进苦难的深渊，他让男人的脚跟被蛇咬，让女人生产流出疼痛的血。为了统治人类的思想，为了消灭人类对信仰的选择，他不惜残害异己，用蝗虫、天火和洪水。索多玛人只不过泛爱而已，他便降灾剿灭，寸草不留。上帝，你让苦难流行于地球的每一个角落而同时又与人类立约。上帝，你，天上人间一切邪恶的制度！权威，枪杀、谎言！”

她的脸在惊愕中，我的眼在怒火里。那一张代人受过的脸变化、模糊、扭曲，幻化为一个抽象概念，一个熟悉而又丑恶的现实。

“瞧你，斯迪维，这多于我所盼望的结果，我没有想到让你生气。”那张脸和善起来，但我宁愿不相信。

“你意思是说这只不过是个玩笑?”

“起码我没有意让你如此表演!”

“表演？我在表演吗？那你为何要对孙主任汇报此事?”

“让这玩笑有个惊人的结尾。”

这说明她到目前为止仍然可以让它不是玩笑——我的一切努力都白费了，像徒劳的风。

向她解释孙主任——这个被压抑、焦虑、挫折、贫穷和寂寞锁住大肠，有十几年便秘历史而得不到宣泄因此将这种种不快以正当的名义转嫁到不幸撞在他手里的任何一个学生细小得荒诞不经的毛病上的奴隶？这个悲哀和不幸的缩影？不！不！！！

“好吧，我投降，我放弃，我时常这样。现在，我求你。请写一份东西，证明我没有缺课达三分之一课时。我重复，这是请求，而不是正当的要求。”

“我将写，如果这是你认为的唯一办法。不过，斯迪维，这不是我的原意。”

她那台 Olivetti 打字机在窗前的灯光下快速跳动着，声声刺痛我清醒着的每根神经及其末梢。她背对着我，我看看不见她的表情但那是可以想见的。自尊被击得粉碎，烂泥一般与我的肉体一起瘫倒在沙发里。

一封简信打完了，她将它装入印有她姓名的信封里，交给我。

我接过信封，想笑，但只是咳嗽了一声：这里面的确装着我的尊严，它将转交给别人，投入一个愚笨的信箱。

那一刻，我第一次感受到：她是外国人。

她倒了一杯酒，喝了一半，挽住我的胳膊。

“明天下午去划船，好吗？”

“这是你的玩笑结局，或者，我可以认为这邀请和酒是某种暗示吗？”

她开心地一笑。

我一饮而尽，然后，在她最没有准备的时候放声大笑。哈哈……

带着仇恨、阴谋和真正的开心！**［标本 12 终］**

［标本 13 始］

肌肤之亲本不是谬传的最后界线，那种呼天抢地的愚昧痛苦，那种根本就不存在的心灵震颤，那种长久等待的神秘释放，那种被想象颠倒的灵肉秩序，而只有感伤是真实的，在那些物质交换的瞬间。

那时，当她除去了所有的装饰——内部的和外部的——被紧搂在一个异国男人怀里时，那一刻，她的心里在想些什么呢？如果什么也没有想的话，那么她眼中透出的若有所思的神情是什么？掩盖激情的妙法？遮羞的措施？或者干脆叫陌生的外来文化？在那团柔和得近乎残忍的灯光下，她独自啜泣，这跟她在湖上以大自然的占有者表现出的雍容坦荡相去多远啊！

小船来到湖心，靠近浮标处，她从船头向我这边挪过来，顿时，船头与水面的距离增加了三厘米。

“亲爱的，你只能待在原地，否则我只好跳水了。”

“好吧，好吧，可你没看见什么吗？看看周围。”

我回头四顾一望，浓重的晚霭已悄悄地从湖上升起，原先葱绿可见的磨山如今只是一大片模糊的墨绿色，沿湖边悄然伸展的柏油路上只有几辆蚂蚁般的汽车来往爬行，租来的这条小船已被雾色笼罩，彻底湮没在令人惶愕的神秘之中。

她已不知在什么时候背对着我挪到了仅半臂之远的前舱，她的双臂交叉在胸前，我听到一种莫名其妙的，近似快乐的呻吟。这不是很奇怪吗，在这样的时候，我想，并预感到今天有什么事要发生。有广场恐惧症，荒野恐惧症，有郊外恐惧症，有各种怪诞的花样，可这湖上的情欲是什么性质的？吃野草砖石的怪癖？与神灵交合的狂想？恐水症的变格？

所有这些猜测和想象使我的内心充满了快乐，这些惬意的念头使我觉得自己高高在上，统领着一个也需要我指引的堕落灵魂。

应该支持她的下一步行动吗？我深知她希望什么事情在眼前发生，我肯定她的双眼紧闭着，她的心一定在胸膛里乱窜。但我不知道，如果让她的情欲放纵下去，我能在什么范围内保证这一切不会成为灾难？应该鼓励她吗？

可为什么不呢？难道我今天出来就为了看这已经看了不下一百次的湖上美景？为了听她讲了一百次的那些伤心故事？为了谈文学？换句话说，我自己没有一点儿打算吗？想到这里，我感到自己的脸上浮出了邪恶的笑容。你不是一个大善人，你远远没有到达埋下斧头，放弃报复和恶念的造化程度，实际上，你那斧头一样的方脸本身就是一个特有人种所特有的意志符号。为什么不鼓励她呢？这难道不正是你一直都在寻找的机会？

我停止划桨，她没有动弹，但呼吸声清晰可闻。我更相信此时她想从我这里得到什么了。我伸出双臂，从她的腋窝下伸向前胸，在透着凉意的印花真丝连衣裙的上方感到了她两只温热的乳房。

她顺势仰倒在我怀里，双臂向上反勾住我的脖颈："你觉得怎样，亲爱的？""我吗？"我觉得怎样？就性而言，我没有任何特别的感受，如果你非要知道我的感受，那就是，一个东方人对盎格鲁·撒克逊肉体的战胜，一个弱者对强者的征服，哈哈哈，哈哈，哈哈哈哈！！！

“我吗？我觉得很不由自主。真的，不由自主。”

“闭上眼睛，你会更不由自主的，我的情人。”

你的情人？ 你的敌人，亲爱的！你的汪达尔人！

我遵守她的命令，我闭上眼睛，我松开双手，我在等待猎物落入陷阱。我准备好了倾听哼哼叫唤，或是任何能使我暗笑得发抖的屠宰场面。

夜幕已经围住了小船，五十米以外和五十米以内是两个不同的世界。在已相当沉重的夜色里，她赤裸裸的白色肉体正放射出几乎使人忘却初衷的炽热。

……

从宾馆出来，踏上下山的柏油路，在略透凉意的夜风中，我狂奋的情绪才慢慢缓和下来。显然刚刚下过大雨，被雨水洗过的洁净的校园，同淫雨初霁的空气一样，让人产生一种清新爽朗的感觉。

走到行政大楼灰色的圆顶附近时，我眯缝着眼，向曾经人流如潮的樱花道上望去。在大块大块游云下，樱花朵朵像稀疏的女人，宁静的凋落给这一片夜色增添了平日不见的许多情致。

真的，如果不是那一阵突发的蹂躏冲动，如果不是她那阵现在看起来并无过错可言的放任的大笑，那，今天晚上，谁会是尴尬的代名词?

……

一只啄木鸟

鼓点与回声

越过寂静荒原

一个男人张弓，放出一支箭

飕飕之声，低弧

错过灰暗木桩，射裂

光滑的红皮石楠虬枝

……

她散乱的金色栗发在橘黄的床头灯下，完全融入了她肥硕动人的后背，融入了她那永远无可挑剔的奶油般的肤色。

“我漂亮吗?”她的抽泣像受了冤屈的小孩子。

“我没说你太胖嘛，按这里的标准。”

“这听起来不像恭维。”

“你喜欢恭维?”

“有时候。”

“我得离开了。”

“我需要你留在这里。”

“不!”

北来的浮云像是从崦嵫山起航

一路撒下屐痕般的重重暮色

……

不，不，你完全没有必要回避刚刚发生的一切，你不必为自己辩解了，你可以正视它的各个方面，道德上、良心上，公平、正义……你是恰如其分的，你遭受的一切远远甚于你应该和已经回击的。她是在喘息也好，哭泣也好，那是她的自由，你无权干涉，你有一万个理由留下她独自一人，让她选择自己度过今晚的方式。自由，懂吗，她的自由！她完全有权独自享受的绝对的自由!!!

我感到了少有的安宁。哈哈。

穹隆似的黑黝黝的梧桐树下，一向嵌着各色鸟兽鱼虫的礓石路纵横交错上下起伏，沉静的夜色不给人半点伤感或负疚的暗示。你想象过的最美好最安谧最富有无穷诗意的一切，现在全部都在你的视野内，就在你此时此刻的脚下。

体育馆附近，樱花道和桂园交接处，白鸽石雕秀美无比地矗立着，和平的念头潮水般突然涌入脑海，你觉得，共和的意义，全都象征的内涵，就在这片充满神秘而又普通得像五根手指一样的校园，在脚下谁都可以自由呼吸的清净空气里，一切的苦恼，一切的自责全都烟消云散——只有空气、礓石路、樱花、各种树木以及此时此刻特有的宁静。

然而，我达到目的了吗？你种族特有的不动声色的阴险的没有面部表情的嘲弄达到目的了吗？黑夜遮盖了我产生内疚的冲动，你在正当的范围内越过了道德的约束。是的，是的。你给她的不是任何意义上的伤害，她曾经给予你的，你今天给予她的，这不是用算术能够衡量的，是不可比的。如果你的举动，你今天说过的话，都远远超过了她的要求，远远不是她能接受的，那么，谁对你受过的同样的伤害负责？何况她的现状，她此刻真实的心境只不过是你自己脑海中的图景！为什么不能这样想，为什么事情不能是这样的呢？不，不，你给予她的实际上是狂放的雄性，是一个女人盼望得到的一个男人对于自己彻头彻尾的迷恋，是的，这就是她一直在私下里所期望的，这用不着怀疑，你给她的就是这些，就这么简单，而且，在这种满足后的惬意和幻景里，她会幸福地沉入甜美的梦乡。

对于这样的日子

睡觉是唯一的药方

[标本 13 终]

[标本 14 始]

毛子：

得知你尚健在人间的消息，我们都很高兴和欢喜。疯的疯，自杀的自杀，得知一个人活着，不管活得多累，总叫人觉着是多么宽慰的事情啊，特别是你以为他已经命归黄泉之后。

当那一切发生时，我正和诺冰娜游行于甲板之上。她一连几小时看着浩浩荡荡的江水，沉浸在忘情的回忆之中。有一刻，最后的一抹晚霞从波光纵横的江面上横扫过来，折射在她高高的鼻梁和黧黑的大眼眶下，那一刻，时光在突然的静止中映照着她，映照着我沉寂的内心。我伤心地发现，我已无可救药地爱上她了。

黄野将一切都告诉我了，在我回汉一个月之后。怎么说呢？这悲剧的意义没人说得清楚，也没法说清楚，可三十年，五十年，一百年之后呢？

已经记不清是几点启航的了。你和胡雪的手挥动的时候，底舱的两排闪着乌光的铁栅栏跟顶层舵舱上尖锐的汽笛声一起在我们身后哗哗作响——这些响声此刻仍然响在我的耳中，没法停止。我没能听清楚你们俩的别言，但我知道，向着三峡，向着距离，向着逃避的旅行开始了。

站在水面十米以上的甲板上沿大江西行，这无论如何都叫人有些惶然，我对诺冰娜说：“上帝的灵在水上运行。”她起初没明白我的意思。然后恍然大悟，说我自大狂，不可亵渎神灵。她哪里知道，这自大的假想和一个外族女人的现实的在场，给了我多么深切的安全感。

胡雪的确是个好姑娘。关于枯叶在脚下浮起又缓缓落下的想法是一个实际的镜头，没有时光的移动，没有任何声响，只有脚下的落叶喳喳地发出陈年呓语，那一刻，她的镜片对准我昏沉沉的目光。我知道她很焦急，想要我转告什么，而你，你牛仔裤上的铜标牌跟大家一样忙碌着搜寻残存的秋光。你幸福，陶醉得无法自制且蛮横。我的确能够理解你当时的心情，当一个人下定决心献身于什么东西的时候，他的幸福会成为一种坚忍不拔的宗教力量，一种忘我的果断。但胡雪是对的，她的担忧和猜测是对的。

正如你常说的，人生时常会有那么一种难以预料的变化——伟大和渺小，卑污和圣洁，无谓的送死与殉道的牺牲，这变化常在一瞬间发生，一切便变换了本质，颠倒位置，而且就在事情的内部发生。但是，我相信，一切的罪恶都会清理，一切的献身将会得到报偿，这是宇宙的定则。

诺冰娜此刻就躺在我身边的沙发上，好几个小时了。她的双唇微开，凌乱的头发有几绺斜过她已是憔悴不堪的额头和鼻尖，深陷下去的紫黑眼窝在额骨上勾成两道凄凉的月牙。我想起与她的初遇和初遇时的目光。谁知道当初在教室里荒唐的对话竟引出如此多的纠葛呢？她的身体弓成虾形，一动不动，碎花蓝衬衣裹着这如此美丽的动物，衬衣开口处天真地裸着她洁白的乳沟和我痛苦的目光。我的爱只能偶尔产生于同她的斗智和她还未知觉时的默默感受中，而这肉体又的确形同天设地造，无可挑剔。

那天，诺冰娜在夕阳中看累了，先去睡觉。我独自留在甲板上，看着光线一束束结束在轰鸣的江水里。我无法集中精神，无法静下心来，无法从那已成历史的逃避中驱赶自卑的念头。船舷外的长江没有诗意，只有无边的有响声的黑暗，就像当时的国土，就像我近几年的内心。还在白天的时候，我已经放弃了对长江的幻想。白天江水浑浊，永远不变。

我站在船尾看宽阔江水（我没想到有的区段有那么宽），看江水后面模糊的背景和被后面的江水托起的更深沉的漆黑。我产生了几秒钟的悲痛感，先是为这没有了阳光照耀的大江，然后是为自己。我后来想到这两者是一回事，一个硬币的两个面，再后来又发觉，这是在自我神化——我开始厌恶的一种情感病，我说服自己这不是好的情绪，至少此刻没有实用价值，是没有任何用处的“傻逼”想法。我的痛苦就在这种矛盾之中：我明白什么最有效，什么最有用，但关键时刻却临阵脱逃，找一些其他念头来安慰自己。那时我想，不知三峡会给我什么想法或印象、启示，在黑暗中我对自己说，自然景观是张白纸，只映照你自己的心情，被动的，不给你新东西，就像，比方说用同一体位做爱一样。

因此我突然发现，我讨厌的是一部分人类，那些被贪婪、权欲扼住咽喉的人，而不是东西，不是自然，不是人类无法更改的昼夜交替和星辰运转。我同样厌恶我自己，一个愤世嫉俗而无所作为的软蛋。我怕死，跳水会腐烂发臭，触电有临死的恐惧，火葬怕烧头发，死人化妆涂口红，尸体干缩，颅部解剖留下一圈淌血水的拉链般的缝口，这样的人哪有理由和权利为长江悲痛呢？也许我唯一能自慰的是，当别人像放屁虫一样在巨石的挤压下还乐哈哈过日子时，我时常还记得打探自己的内心，仅此而已。

你在这样的时刻还想到问及诺冰娜，这使我惊异。诺冰娜实际上也问及你的事情，我只好编了故事哄她。关于她，怎么说呢？已经没法像以前那样轻松地述说了，我已经深深地陷了进去，几乎无力自拔。几个月来我的情感颠来倒去，莫衷一是，这可能就是爱情？但我清楚它不是。近来我发现，生命可以像道路一样漫长得难以忍受，但每个人的一生里又总有这样那样一些意料不到的短暂却辉煌的时刻，这些彼此毫无瓜葛的时间片段，像一只只沉重但光芒四射的魔盒，连接起来，在我们无法预料的时候连接起来，使黑暗的人生旅途阳光灿烂，使本来空洞的人生显得富足而充实。如果诺冰娜给了我什么，这就是一切。

船到枝城，浓雾锁江，从清晨四时一直等到上午十点，很着急。诺冰娜倒自在，一夜的安睡将红润的血色送回她的脸颊，她哇哇乱叫着跟隔壁舱的两个年轻人海阔天空地神侃，弄得我也脱不开身。过宜昌后进西陵峡已是下午两点的事，诺冰娜一路嚷着了不得了不得，这雄伟的大坝。

进西陵峡约一小时，心情跟天气一样云开雾散，太阳像扫帚扫开了江上的阴霾。不知后面的峡谷景象如何，再说光线不能持续很久了，但眼前的景象已足够令人感叹。高耸入云的崖下那些独门独户的人家，不知他们衣食之源何在。在最高最直的一块石壁顶端，一仙女状数十米高的白色雕塑弯曲在半空之中，我以为是传说中的神女峰。公路蜿蜒在水面右侧的山崖间，偶尔钻入山洞中，电线杆起伏在阳光下，船上播着《德朗的微笑》，乐声顺着我亢奋的目光钻入崖间的薄雾。人啊人。这里离苦难甚远，生生不息的人顽强地撕扯着自然和上帝设置的屏障，人在意想不到的地方繁衍生殖做爱幸福。活着多好！

广播说右岸是香溪，这之前是“兵书宝剑”峡，兵书宝剑无法辨认，悬棺的遗迹倒是依稀可见。香溪入江处立着昭君像，碧水里有赤条条戏水的儿童，可惜石灰场煤厂毁了半边景致。诺冰娜问我为什么人们都朝那儿看，我开玩笑说那儿曾是昭君洗屁股的地方，她更不懂，说，昭君的屁股很重要吗？我只好从头说起。

是的，是得说说诺冰娜。可从何说起呢？我们有了第一次诚实的谈话，然后那些夜晚一个接一个在白昼的消隐后继续。谈话，发笑，惊人的游戏，短暂的拥抱，不需要睡眠。从阿波罗神庙——希腊悲剧的中心和归宿，到氨气的合成和运行机制，人类共同但邪恶的话题和玩笑无不涉足，为彼此哭泣，谋略但人道，紧张险峻平淡如水，那些十几小时无法停止的故事，虚构和真实，打字机的响声和厨房里面条的味道，它们会合在房间里，渗透在地板缝中，被地毯盖住。一个封闭了十几天的原始世界，灯光，黑暗中彼此懒散的摸索，一切肉体接触的范围和方式都被超越但没有被灵魂感受到，咳嗽，短暂的分离，可以预料的惊喜，对彼此善意和恶毒的折磨，照片，故事，为误解后的理解开心，个人的隐晦典故，等等，人生。每一分钟都被占用，那些时钟的嘀嗒响在青春的金属铁盒里，一串串连接起来的时光片段——那些生命真正的质量啊，诺冰娜，Robyn！［**标本 14 终**］

上述标本 11 和 14 分别是两封私人信件，从信中文字透露出来的口气得知，这对密友之间的彼此信赖使其可以无所不言，因而使得文本有了很高的可信度，尽管由于可以想见的很多原因，心理事实并非总是绝对可靠的。

标本 11 提及这两位友人各自不同的生活道路，造成彼此心理感受上的差异，同时，信中提及有关诺冰娜的信息，印证了我们在前面介绍过的有关这位外籍女教师的一些基本介绍，间接增添了故事本身的可靠性，这可以从信中提及的《垮掉的一代》中译本著作得到证明。

标本 14 尽管是就这对师生三峡游中的一些心理感受的描述，其间夹杂矛盾的情感，却为我们理解这位中国学生内心复杂的感受提供了重要的情感线索。该段描述明确地说明：这两个人尽管彼此相爱，但国别、肤色和文化之差因为处在一个特别的历史时段而被其中一方人为夸大，从而使本来正常的情感发展受到阻碍。用情欲动力学的术语来说：肉体之间的零距离，并不代表情感上的绝对融会。

标本 12 似乎是在描述师生之间一场肮脏的交易，然而，取决于我们对情感交往的理解，这种借故为难对方以换取利益的行为，可以是肮脏的，也可以理解为正当的。该标本提供的一条重要信息是：这名中国学生对外籍教师的攻击，演变为对西方宗教和西方文化的猛烈抨击，这就为故事的悲剧结局提供了重要线索。对此，这位诺冰娜却并没有产生这名中国学生预期的强烈反感，反倒是以亲昵的私密举动予以化解。

标本 13 是以第一人称口吻叙述的一段灵肉交织故事。通常，第一人称叙述的如果是客观事件，往往值得依赖。然而，当这种人称叙述描述的不是纯粹的外部事件，而是混杂有私人情感元素的心理故事时，我们惯有的依赖感就必须要大打折扣。理由非常简单：情感事件会误导实际发生的事实，至少会使事件的本来面貌产生严重偏差，偏差的原因在于所述对象和事件的选择性。比如，人类性心理的一个重要事实是：一方感受到的性欲或性欲的满足，往往以对方的满足为添加剂。然而，实验心理学研究的一项重要发现是：在远远多于普通人想象的情形下，根本没有得到性满足的对方，往往会被另外一方认为如此。为了证实这一条并不存在的事实，人们往往会以有选择偏差的外在表现作为心理愿望的事实证明。

从下节开始，我们将就驱动爱情的情欲动力学进行正面介绍，以期为亲爱的读者剖析自己的爱情提供翔实可靠的判定依据。

8.北极蓝光

亲爱的读者朋友，当你为爱情肝肠寸断，当你为爱情魂不守舍，当你为爱情心灰意冷，当你为爱情怒火中烧甚至顿起杀心之时，你可曾想到过：你所谓的爱情，只不过是冰天雪地里的一团情欲之火，又或者是隐形的贪婪之举，再或者是为保护弱者而积累下来的利害取舍，更或者是寂寞无奈时的无聊消遣？

你可能对爱情无话可说，你更可能对自己感觉到的爱情坚信不疑，无论是哪一种，亦无论你自己有否这样的亲身体会，假如我们相信实验心理学严谨，假如我们相信爱情背后一定有某种强大的驱动力量，且让我们睁开眼睛，看看古往今来的人类情欲，已经发展到了何等令人惊异的程度。

请不要忘记，在我们生活其上的这个孤悬星际的地球上，曾经生活过790亿人，在如今活着和已经死去的其中一部分人当中，他/她们因为正常或异常的情欲之火的驱动而遭受过或正在遭受着何等生不如死的情感折磨，是我们每一个具备起码爱心的人断不可忘记的。请一定保持耐心，哪怕这样看下去你的感觉会从司空见惯到略微惊讶，从坐立不安到极度不适，甚至恶心之极。

不下地狱，何以知天堂之美妙？

下面将要讲述的许多故事、列举的标本和以其他形式提供的信息，将有问卷要求大家选择。请注意：所有问卷的回答选择只能是三者之一（1. 是；2. 不是；3. 不知道），否则为无效问卷。

阅读下列标本 15 之前，请大家准备好完成问卷 4。

问卷 4：

根据前面 14 个标本提供的信息，我认为下面文字所描述的场景是完全可以预料到的、合乎情理的、自然的和值得相信的。

[标本 15 始]

虽然才刚到晚 8 点，但是，窗外已经显出深重的夜色。巨大的梧桐树垂下一根横枝，望出去，依稀可见斑驳交错的阔叶与阔叶间由绿转黄、一丛丛像亲密的睾丸成对生长的梧桐果正挂在书桌前。

简易卡带式音乐播放器里播放的曲目跟平日不太一样，

其音量介于可以轻易听到但又不妨碍交谈之间。“是《北极蓝光》。”诺冰娜解释说。音乐轻柔漫卷，但郑夫听出来里面有隐隐的阴郁气息。

在刚刚结束的极简西式晚餐中，诺冰娜的朋友从法国寄来的两瓶“奥西耶（Aussieres）”葡萄酒已经耗费掉一半多了，哪怕只有14度的酒精度，这两个平时不太喝酒的文学爱好者已经表现出各自的微醺醉态了。

“亲爱的斯迪夫，”诺冰娜笑吟吟地说，“今天我要跟你讲一个故事。”她边说，边端着酒杯朝坐在沙发上抽烟的郑夫走过来。

郑夫没有应声，只是轻轻点头示意。

“今天，无论我说什么，你都只听不问；无论我做什么，你也只能被动接受，好不好？”

郑夫又点头，显出无所谓的表情。他已经习惯了她突如其来的太多有理无理的提议，因为其中大多数都是无害的。

“那是一个下雨的夜晚，我19岁的生日才刚过去几天。”诺冰娜说着骑坐在郑夫的双腿上，一对汹涌的乳房直抵他胸前。很快，他的膝头就感受到了她的臀部传递的微热体温。

“威廉逊进门的时候，衬衣都湿透了，可是，他懒得脱下来，就跟你现在这样坐在我租来的公寓沙发上抽烟。看到他沮丧的神情，我不想问为什么，也不想多说话。我直接就开始做他最喜欢的事情。”

说着，诺冰娜蹲下身来，蹲在郑夫跟前。她把酒杯放在地上，直接就解开了他牛仔裤上的拉链。郑夫犹豫了一下，但保持不动。

“威廉逊最怕阴雨天气。”她对着郑夫的耳朵轻轻地说，呼出的带有葡萄酒味的热气让他觉得十分惬意。“每当那样的阴雨季节到来，他都会产生莫名其妙的狂躁感，在这无法抑制的狂躁感后面，是同样不可抑制的类似杀人的暴力冲动。他同样无法理解的是，这股暴力冲动总是与不可压抑的性冲动相辅相成，为此他万分烦恼。”说着，诺冰娜将郑夫手中的烟拿过来吸了一口，然后塞回他手指间。

“可是，由于他不愿意去看心理医生，现在只有我明白，他这样怪异的情绪，是由早年的性烙印形成的。亲爱的斯迪夫，你可能不明白性烙印这个医学名词，可是，其实很简单：性烙印就是最初唤醒你性意识或强烈性冲动的任何人、物件或情景。人的性烙印一旦形成，那是很难纠正过来的。”

诺冰娜这样说着，眼里却露出遮不住的那种怀春少女的甜美回忆。

“你要是能看到平日阳光帅气的威廉逊就好了，他浑身上下透出不可阻挡的男性气息和成熟之美，他的体贴，他谦逊得体的言谈举止，他动人魂魄的灿烂微笑，那是任何一个青春期少女都无法抵挡的。”

郑夫继续抽烟。他不想打断这个女人在葡萄酒的作用下，已经像疯长的藤蔓延伸至遥远过去的美好思绪。

“威廉逊自己并不清楚这一切的根源，在我反复追问之下，他透露了一个重要细节，就是这个细节，让我明白了他的性烙印来源。他说，大概只有五岁的那年，父母带他到洛杉矶郊外一个湖边度假。玩耍打闹了一下午后，他累倒了，就在简易帐篷里睡着了。不知过了多久，等他醒来的时候，发现天色已经暗下来，细雨在湖面拍打出密密麻麻的皱纹，湖边的树叶也传来窸窣的声音。他走到帐篷后面，发现就在不远处的树下，母亲正含着他父亲的生殖器来回吮吸。他惊呆了，愤怒和隐隐的好奇混杂在一起，让他说不出话来。醒过神来之后，他默默地走回帐篷，躺下身来，听着秋雨的声音如同涓涓细流汇入脑海。从那以后，威廉逊不再是他自己，也不是他父母所熟知的同一个人了。

“在接下来的二十三年，威廉逊告诉我说，没有哪一年的秋天不让他回想起那个惊人的傍晚，也没有任何一次街头的行走，不让他以自己都觉得怪异的眼神打量来来去去的那些陌生女人的嘴唇。我认识威廉逊的时候，他已经结婚三年多了，十九岁那年我跟他第一次做爱的前后，不知道他已经在情色的道路上行走了多久，多远，而且也不知道他婚内的性生活是不是每次都以这样的口交开始，更不知道除我之外，还有没有其他的女人在每一个深秋与他共度细雨滴答的黄昏或午后，因为毕竟我不是每一个秋天都见到他，因此也并不那么关心。

“你要知道，亲爱的斯迪夫，对很多像我这样的女性来说，有些男人具备天生的召唤力，因此你永不会在乎那种一夜情或多夜情会结出什么样的硕果或者罪孽。那样的时刻自然而然地到来，仿佛动物界全体通晓的某种共同语言——眼神的简单交流，立即就转变成口舌的缠绕和性器的摩擦。”

说到这里，诺冰娜似乎觉得用语太过直接，侧过头来看看郑夫，发现他并没有特别的表情变化，便继续说下去。

“除开这种仪式性的开门之礼，威廉逊其他方面并没有什么特别之处。他会像所有雄性动物一样，似乎是按部就班地完成某种不言而喻和既定的成人游戏。我们偶有电话联系，更多时候是间断的书信来往……”

《北极蓝光》已经在自动播放第三次了，但诺冰娜的谈兴丝毫没有减弱的迹象。她一边说，一边继续不停地啜饮着。

“所幸，除开两次与路人完全不必要的打斗外，威廉逊的狂躁并没有导致真正的杀人行为，至少他跟我是这么说的。他的眼光透露出来的真诚令我相信他所说的一切，就跟我与他第一次在学校附近的咖啡馆里相遇时一样。他小声礼貌地说话，如果不加阻止，他似乎可以不停地说下去，对于当时还是一个大学女生的我来说，这样一位帅气男人随便说什么我都愿意一直听下去。尤其是他说话的时候眼里传递过来的专注与深情，让我没有任何婉转客套就主动邀请他去往我租来的公寓。

“坦率地说，斯迪夫，与他的那一次相遇，是我难以忘怀和想起来便感觉温馨的美好事件。我不是经常遇见这样的男人，虽然我也并不是离了他便无法生活。我十分满足于我们彼此间似有若无的偶尔联系。换句话说，假如你觉得我的《雨滴》系列在某种层面上与普鲁斯特的《追忆似水年华》或罗曼·罗兰的《约翰·克利斯朵夫》有相似之处，那你的理解是正确的。我意思是说，假如我也有那样一种马拉松式的情史，威廉逊就是我情感的心湖里绽出过的短暂涟漪里的少数几块宝石之一。你可能会觉得，在他眼里，少女时代的诺冰娜只不过充当了一个遭遇情感挫折或心理疾患的男人宣泄狂躁的肉质器皿，又或者是他人生旅途中必经的少数几家也许十分温馨的客栈，是啊，不排除的确如此，可那又怎样呢？

“我是说，在我内心里，当真无法排除这样一个不请自来的自豪感。无论是我，或者是他情色旅途中遇到过的其他任何一个女人，假如这样并不太费事的做爱仪式，消除了他本来有可能走向无法预知的犯罪途径的可能，那我为什么不能称此为确切无疑的善举呢？是吧，斯迪夫？”

她又扭过头来看郑夫，发现他似乎走神了，便不再说下去。

诺冰娜把杯中剩余的小半杯葡萄酒全部倒进嘴里，然后将杯子放回书桌上，转头回到沙发边上来。她侧过头来，将嘴里并未喝下去的葡萄酒喂进了郑夫嘴里，顺便进行了一番细致轻巧的舌吻，然后又蹲下身来。

郑夫开始坐立不安，在沙发上不由自主地扭动起来，而且已经有了准备站起来的身体动作。

诺冰娜并没有住手的意思。

一味信守承诺的郑夫再也忍受不住了，竟然发出了清晰可闻的喘气声。

宇宙持续着亘古不变的天体运动。

动物周期性地进行体液交换。

白昼的劳作大同小异，黑夜的歌唱却曲调不同。

我的葡萄酒，我的北极蓝光，我的文学之梦。

这些一闪而过的念头流星般闪过郑夫的脑海，可是，他知道，在他最幽暗最深层的内心里发出的，却是如此明确的呐喊，那就是在纳博科夫本人借助《洛莉塔》中的汉伯特亲口喊出的怒吼："诺冰娜，我的阴部之火，我的生命之光！"

随着这最后一声呐喊在他内心的闪现，郑夫感觉自己全部的苦闷、焦躁、愤懑、彷徨、抑郁和一切的一切，都连同那白色的岩浆一起喷涌出去，经由肉红色的生命之门射进了深不见底的哲学空间。**[标本 15 终]**

亲爱的读者，已经看完标本15，如果我猜中你的答案(1.是)，你千万不要奇怪，因为已经发展了近百年的实验心理学已经结出累累硕果，对于绝大部分所设问卷，我们已经有了体量足够庞大的数据库，在这个人类情色数据库里，许许多多貌似难以决断的难题，实际早有了现成答案。比对我们的选择，成功的概率高得让你难以相信。

然而，在接下来的众多测试里，我们却不会有如此信心，而正是你们可能做出的千差万别的选择，会使我们的研究具备更充实的实践价值。让我们先来看看下面的资料，然后再进行进一步的实验。

美国心理学协会出版的《精神疾病诊断与统计手册》第五版（简称DSM-5）将跟性欲相关的异常，区分为性欲错乱症和性别认同障碍两大类。对于性别认同障碍，大家易于理解，无非是一个男人感觉自己是女人，或者相反，或者某男某女觉得自己同时兼备男女两性的情欲本质，因而拒不接受自己的解剖学性别事实。而所说的性欲错乱症，目前已经辨识和列举出来的，包括但不限于：施虐狂、受虐狂、露阴癖、窥淫癖、恋物癖、易装癖、摩擦癖和恋童癖。之所以说性欲错乱症并不限于上述八种，是由于激发起这些错乱者性欲的，还包括潜在的其他物件或情形，包括但不限于恋尸癖、兽奸、电话淫癖、嗜粪癖和恋尿癖。为什么说潜在的物件和情形不限于上述已经十分惊人的性欲激发品类呢？由于这个问题涉及我们正在就你的情欲动力进行的判定，请大家耐心完成下述问卷，之后再看我们接下来的讨论。

问卷 5

根据上述阅读中已经了解的信息、过往的人生经历或自己正常的想象力，我认为下述所列现象及针对这些现象所进行的学术讨论，包括涉及其中的医学解决方案和伦理探索，对于我所理解的爱情来说有很高的相关度。

1. 畸形癖（teratophiles），就是受到天生或后天肢体残缺者吸引并由此产生强烈性欲的人，这种人有时也称慕残者[acrotomophiles，来自希腊语 akron（肢端）和 tomein（切割）]。这些畸形癖还可细分为上肢癖、下肢癖、单上肢癖、单下肢癖，或上单下双，或下单上双（而无头畸形癖则属于恋尸癖中的一个子类）。

2. 自残癖，其情色幻想涉及将自己的胳膊或下肢切除掉。2005 年，精神科医生迈克尔 · 弗斯特（Michael First）询问过五十二位中年受试者（全部为男性），这些人都报告自己终生都希望将自己的某一肢体切掉，其中有十四位已经这样做了。差不多所有受试者都有收入不错的工作，受过大学教育，始终觉得自己“真正的自我”就是一位断肢者。（到目前为止，他们最羡慕的身体本原，就是在膝盖以上的地方切除腿部。）很多人感觉十分绝望，因而不惜想出各种办法去掉多余肢体。这位精神科医生还透露，这些人会用健身房的重物砸断自己的腿，或者用手枪射击，或者用钢锯锯掉，或者用木材切削机切割，甚至还有用干冰将腿冻僵的，都希望去掉既多余又难看的身体附属件。假如造成了足够严重的伤残，他们许多人推想，外科大夫就只好被迫完成他们已经开始的工作。那些已经想法逃避了负担过重的肢体羁绊物的人，最大的遗憾就是没有早些这么干。“我感觉绝对开心，现在才掌握了自己的身体和性欲。”其中一位说。“这事终于让我安下心来，”另一位说，“再不像以前那样总是有持续不断和折磨人的挫折感了。”在自残癖中，通过自断男根，同时想象自己的阴茎被切除的样子来获取性高潮，这是我们能够想得起来的最为可怕的认知障碍之一。

3. 与上述两种癖好密切相关的另外两种性欲错乱症是恋死癖（stygiophiles，指想到自己快要死掉就会产生极度性兴奋）和嗜冻癖（psychrophiles）。由于嗜冻癖最强烈的性兴奋来自自身冰凉和看见他人冻得发抖，因此他们并不怕下地狱，前提条件是：这个地狱必须是事先冻好的。

4. 摔倒癖（climacophiles，自己摔倒或看见他人如此便会产生最强烈的性高潮）显然与上述恋死癖有直接关联，因为严重的摔倒与自己或他人的死亡息息相关。与之相关联的一种性倒错称为灾难狂（symphorophilia，因筹划事故或灾难而产生性兴奋的性欲异常者)。这类性欲异常似乎与弗洛伊德所说的死亡本能有类似之处，然而，弗洛伊德所说的死亡本能与快乐原则相提并论，而且其心理学指向明显不同。

5. 自羽癖（autoplushophiles)，就是喜欢对着跟自己模样差不多的卡通动物玩具手淫的人。虽然这种人并没有对真实世界的任何一个有生命的人造成直接或间接的刑事伤害，然而，他们是否侵犯了泰迪熊或芭比娃娃的公司商标权或设计、制造专利则是尚处争论中的一个重大版权问题。

6. 可以跟自羽癖相提并论的是雕塑癖（agalmatophilia)，著名学者老普林尼曾提及这样一位男性，他爱上了女神阿弗洛狄忒的雕塑，“到夜间就会躲在那里拥抱雕塑，后来，雕塑上面的一处污渍暴露了他的淫秽行为”。盛行于古代的雕塑癖，与现代渴望真人尺寸玩偶的恋偶癖（pediophilia）一脉相承，因而引发了一系列相关变种，诸如机器人癖、胶乳癖、机械癖和电气癖。

7. 比较而言，身高癖（anasteemaphilia）是在19世纪才有记录的一种倒错类型。据传，法国象征派诗人波德莱尔就曾说过：他已经养成对女巨人和女侏儒的特别品味。可以归入这一类的几种奇特嗜好包括嗜鸟癖（ornithophilia，对鸟类产生强烈性欲)、嗜呆癖（savantophilia，对智障人士有特别性趣)、缝隙癖（chasmophilia，对角落、裂隙、裂口、峡谷产生特别性兴奋，准确地说是指对并不在人体表面的那些缝隙的性兴奋)。在几种癖好叠加一处的例子中，口吃癖兼迷雾癖（听到别人说话口吃而自己又在迷雾中手淫时，会产生最强烈的性满足）算是比较典型的。

8. 我们已经熟知什么是恋物癖了，但还有一种很容易与之混淆的物欲癖（objectophiles。有时候也称为性物癖，objectum sexuals)。能激发起性物癖强烈性兴趣的物品包括椅子、梯子、披巾、书架、拐杖、助听器、塑料游泳帽和数不胜数的任何实用生活用品。与单相思的恋物癖明显不同的是，对物欲癖而言，这个宇宙里的任何物品，都有能力疯狂地、深深地爱上人类并因此而对人类充满肉欲)。

9. 挠痒色魔（Knismolagniac，从喜欢挠痒的受虐者到接受挠痒的施虐者都是）和比较罕见的羽毛挠痒魔（Pteronophiliac，被人用羽毛挠痒时获得最强烈性满足的那些人）性质类似，而爬虫癖（formicophiles）患者的情形就要复杂得多。爬虫癖最强烈的性冲动源自将蛇、青蛙、蚂蚁或蟑螂等小动物放在自己的情色带（生殖器、肛门，通常是乳头)，并在这些小动物细小的叮咬中感受性快乐，他们甚至极其享受鼻涕虫在其睾丸的双峰间来回费力爬行时留下的冰凉黏液。

10. 恋石癖（lithophilia，迷恋石头砂砾的人）和镜色迷（katoptronophilia，照着镜子行淫）与普通的恋物癖或性物癖略有不同，这样的性倒错者依靠所恋物品反衬出来的自我而产生性兴奋。与之相对，喷嚏迷（因为他人的喷嚏而激发起性兴趣）和吮鼻癖（nasolingus，通过狂吮性伙伴的鼻子来满足性欲）则以对他者的关注为兴趣中心。（以上信息参见李斯译《色调：情欲解剖学》。）

亲爱的读者，假如上面所列性倒错的种类令人惊讶（因此我们无法判定你的问卷选择），但是，请不要着急，让我们先分享这样一个无法否认的事实：根据安尼尔·阿加格罗瓦尔2009年出版的《性犯罪及异常性行为中的司法及医学—法律议项》一书透露的信息，已经识别出来的性欲异常种类已达五百余种。因此，假如迄今为止已经看到的人类性欲天然的无限多样性令我们绝大多数人震惊万分，那是再正常不过的了。我们完全有理由预期，未来还会有更多科学著作揭示出我们无法预料的更多惊人事实。

然而，上述性倒错者的中文翻译分别用到了“狂”、“癖”或“魔”，足见其迷恋之深，无法摆脱。但同时，这些中文字眼的使用，也暗含着人们对这些不幸沦为罪犯（其中的少数）或（绝大多数是）终生苦闷者的蔑视与憎恶。在上述标本十五中，我们之所以十分有把握地判断绝大多数读者会认为这样的描述是“完全可以预料到的、合乎情理的、自然的和值得相信的”，正是因为在我们生活其上的这个星球上，绝大多数生活过的人所幸都是异性恋者，人类这个种族得以持存，也正是因为这一项不可否认的解剖学和生理学现实，而且在这个异性恋的基础之上，涌现了无数可歌可泣的爱情故事以及以爱情为主题的文学与艺术作品。

是的，我们因为自己不多不少正好就是异性恋者而卷入男欢女爱，我们的男欢女爱演变成各式各样的情爱故事和做爱方式，无论这些做爱方式发展到了哪一种难以接受的程度，其中绝大部分还是以新生命的诞生为目的。我们作为异性恋者的物种持存本能，通过有情万物尽皆具备的自我繁殖能力，在有无文字记录史的漫长人类历史上，已经成功地抵御了这个冷漠星球上每隔一段时间便会出现的巨大灾难，包括瘟疫、洪灾、干旱、极端气候、火山喷发、陨石袭击。在人类与其他包括细菌、病毒与真菌在内的一切动植物的物种竞争过程当中，目前显然获胜或领先的一方仍然是人类，而人类获胜的要因，显然就是在包括突变在内的进化过程中，异性恋者一直且将会继续保持主流。

根据已经掌握的生物学资料，人类女性一出生就只有数量有限的卵子（平均约为一到两百万个），到达绝经期之前只能生育有限数量的后代。对照而言，男性的精液体量，几乎可以比作洪水猛兽了。男性身体每天每睾丸可制造约8,500万个精细胞，在平均寿命周期内，这个数字加起来可达约千万亿配子。如果大家足够仔细的话，会发现这里所说的千万亿配子还只是说单只睾丸的制造能力，假如另外那位孪生兄弟不是那么懒惰，亦没有因为任何外力的野蛮撞击而受伤，更没有由于天生的制造缺陷而形同虚设，那么，取决于我们各自的信仰，大自然的进化力量或上帝宏伟的设计目标，的确远远超出我们这些情爱动物可怜的想象力了。

然而，正如在人类社会中一样，再庞大齐全的制造能力，再尖端无比的生产技术，假如没有各个要素的适当结合，那就不一定能够生产出设计中的合格产品。所幸，人类繁殖史数十万年的演化，基本以异性恋主宰的交配行为为主体，因为这一项生物学的基本事实，我们每一位活着的人，都应该为此感到万分荣幸，无论你是不是异性恋者。因而，从基于生物进化或物种持存这个生物学事实上的伦理道德角度看，作为异性恋者，我们无论以何种方式编造、夸大、渲染、歌颂、赞美异性行为，都是无可挑剔和值得嘉奖的，而不应横加干涉、肆意打压。

话说回来，如果仅仅从生物进化的科学角度来看待事物，那我们一方面是在让自己不断地摆脱自然界其他动物的羁绊，使人类继续保持在进化的顶端，同时，却又是在不断地自我降格，使我们仍然保持在动物境界里，而如果我们的思绪保持在与普通动物激烈的生存竞争层面，那我们从何谈论爱情之美好呢？这里还不谈上帝创造天地和照他自己的形象造人这样一种可能的宗教真理。显然，人之为人，人之所以能够超越有情万物，胜过水里游的鱼、天上飞的鸟、地上跑的凶猛野兽，不仅仅因为人是帕斯卡所说的“会思想的芦苇”，还因为人是一种能对信念产生信仰的高级动物，或者说因为人是一种有宗教意识的动物，这种宗教意识使人永久地摆脱了其他动物的纠缠。

言及人的这种宗教意识，那就回到了我们的研究主题，即爱。世上无论哪一种宗教，莫不是强调宽恕、理解与博爱，因为只有宽恕、理解和博爱，才有可能让人脱离此世生老病死之苦而进入可能的来世，至少可以让人在此世的彼此拼杀稍有缓解。

9.情域

亲爱的读者，假如你因为刚刚过去的几章令人惊悚、恶心的内容而感到不安，甚或由于本人对爱情的解剖低俗、猥琐而愤怒，那请你一定要理解：如果使人脱离动物界的重要元素就是利他主义，那就需要我们在赞颂神圣高贵的爱情的同时，也要考虑到在潜在可住人的无限宇宙中，我们作为异性恋者所产生的所谓合道德的各种与爱相关的情感，并非专属于我们自身。换句话说，与我们不同的人也是人，他们也有爱。他们的爱也必须得到尊重。

至少，只有理解了他者，我们才能完整地理解自身。

好了，现在回到我们的情欲动力学。

我们认为：人类爱情由情感、情欲与情操三大要素构成，分别对应于人的成长经历、动物本能与理性本质，其背后的核心推动力为情欲。

情欲动力学所属的实验心理学强调依照数据获取判断依据，因而，在对照异常情欲的大概面貌后，我们可以回头再来面对诺冰娜与郑夫的故事中体现出来的有关爱情的几个要素。

下面是标本16、17、18和19。

[标本16始]

风雪之后，裹着酷寒的细雨沙子般扫在脸上、头发上。蜡黄的天空铅色浓重，　低着想网住大地，又被校园里一排排呈黑色的法国梧桐刺破，那些纵横交错、上了年岁、潮湿而热情的树杈们!

本来，诺冰娜执意要自己回宾馆，但我最终放弃了让她独自走过空荡校园的打算。毕竟，我想，她刚刚过了一个没有任何欢乐可言的圣诞节。

她只穿了件猩红色的呢外套，一条薄薄的紧身裤贴紧她余下五分之二的身体。在寒冷的雨雪中，她的颅内肿瘤因为无故节食减肥而更显严重，瘦削的、只剩下三十六公斤的身体像一根无望的稻草。一路上她都沉默不语，我费力搜索来的笑话只引出她一脸挤出的笑容，强装的，毫无疑问。

走到中文系门前的斜坡上，她被坡下林中的雪景所吸引，高兴起来。

“我想得在这里照一些像。”她的脸上掠过一丝闪电般的红晕，很激动的样子，“还记得Gary Snider的句子吗？我一向认为，没有表情的大自然，没有文明迹象的蛮荒之地实在是人类内心的真实影像，你不这样认为？”

我很为难：“恐怕最近没有很多时间，不过……”

“不，我是说自己来。”她赶忙纠正。接着又沉默不语。

我很尴尬。

她忽然说起头天晚上的一个梦。“我会死的。”她喃喃自语，不知犯了中国人的大忌。

我找不到合适的话来安慰她。实际上我无话可说。在一大片的白色雪地里，在雪光闪出的荣耀和傲慢中，她红色的外衣十分刺眼。

我觉得心中郁积着一些情绪。是深厚的同情？说不出的厌恶？或是这两者的混合物？

这也许是残忍的愉悦，但我没有发现这感觉是值得后悔的。

几小时沉闷的谈话，如雪色苍茫、冷峻。

从宾馆出来，已是子夜时分。林中的雪色兀自绽放。我觉到了惬意的忧伤，一种淡香的颓丧感，无法准确描绘的慵懒心境。

斯奈德的诗是可以讨论的吗？他的沙斗山中的孤独，他的《龟岛》，他在吗啡中得来的狂喜，在雷电交加的孤寂峰上与无际苍穹的漫长对话是可以讨论的吗？实际上，他的一切是人类贫乏的语言所能延及的吗？譬如这冰凉的石凳，这寂静的雪林，这黑色空洞的苍茫天宇……是可以互相交谈的吗？当然，让这些符号彼此沟通是可能的，格林可以，阿波利奈尔可以，慧远法师也可以，但这些人为的暂时联系能代替它们各自不可言喻的神性吗？斯奈德就是斯奈德，雪林就是雪林，就如同今晚默默无言的天空。它属于它悲伤的自己。

我感到视网膜没有目的地反射着夹在拇指和小指间的烟蒂，为自己突然间爆发出的无理怒火感到好笑。**[标本 16 终]**

[标本 17 始]

毛子：

置身于茫茫群山的中间，听人类绝少染指的裸岩荒树吸出地底的精气播行于湿风之中，听钢铁结构和橡胶胎齿与自然持续不断的顽强搏擦，那和躺在铺设了灯光地毯的闹市房间里有何差别呢？在我，新鲜的旷野山形在重新对她的理解中，在每一分钟里产生出层出不穷的意义，这竹笋一般依情绪的不同而以不同速度层层剥离自我的女人！人在怎样的环境里表现相应的自我——在虚假的都市里你不能忘记人对人直接的蛮横压迫，而面对自然，残破的山川河流草木天空会令你想到身体的各个部分，因此你也无法持久地掩盖自己。

诺冰娜究竟是怎样的呢？ 我不断想起竹笋。其实，对于虚假和欺骗，每个人都有自己的理解。在最平常的一举一动里剥露出来的竟是一个人的过去，一个早已消逝的旧我，一个也许再也不会存在的陌生人。你换一个角度，剥她的家史，剥她的爱恋故事，剥她在大洋彼岸及此岸的有趣的生活片段，剥她甲状腺体亢进的成因，你在此刻惊喜地发现在她的激动中你剥开了一层秘密，剥到了她真实的故事，可另一刻你又发现这可怜的发现并不是她的真实部分，这就像在她彻底迷醉于色欲之时，她的喘息或蛇样的蠕动并不总是她真切的内心体验一样。那些实在的感受，比如在你的手顺着她的脖颈滑至腰窝再由此及彼遍及各个山丘沟槽时你仍然感受不到她欲潮的真实涌动，只有在她突然跌入情绪的谷底或跃上亢奋的顶峰时才闪出鱼鳞样一片片细小的真实。但你愤怒吗，这样躲躲闪闪地剥离自己？当太阳每天照耀一个你已无法摆脱的女人，照耀在她善良的手段和装着多变的思想的脑袋上时，你厌恶吗？

船到万县，日照中天，陡立于江边的川式建筑在哗哗的铁链声中突兀地现出墙壁上的舞厅招贴和卫生纸广告。诺冰娜挽着我的胳膊抽风般满街乱转，十足的刘姥姥丑样。在十字路口的小摊子上花一元钱买了一叠纸钱，印有“冥府银行，五千圆，各路通行”等字样，共有几百万元，令我不由感叹生不如死，以我等现状，活八辈子也挣不了这许多钱。

诺冰娜亦喜不自胜，说要寄一些给美国的朋友和家人，让他们看看中国文化之丰富。我笑着支持她的观点。

满街的背篓和商店，僻静一点儿的街道上满是黑乎乎的门廊，门廊里是黑乎乎的楼梯，无一例外。

下午三点，李江他们的吉普车来了，一行六人挤在车里，也是热闹。临行前，我想起前面几百公里险峻的山路和她包里的纸钱，便编了故事哄她，结果在吓她的同时把我自己也弄得疑神疑鬼的，我们最后同意扔掉了它们。

李江很瘦，墨镜遮住了半张脸。车过苏拉口后，他撒起野来，用 90 迈的车速在螺杆般弯曲和险峻的山道上驱赶睡意。我问诺冰娜他和尼尔像不像，她说那倒不一定，但李江显然让她想起在时报广场上认识的一个水手，那水手狂野的做爱方式弄残了她的脊柱。

暮色从壁立的山崖正面照过来，微弱的光线在黄绿间来回闪烁，罩住车内困倦的眼睛。这疲劳也传染给前排的李江，但车速不见减缓，诺冰娜开始坐立不安，屁股像有蚂蚁啮咬一般东扭西挪。

Beijing 212 奋力爬过五座山峰约 400 公里路程。快用车灯时，李江已经困得摇摇欲坠，大伙提议找个地方过夜。

这个姐妹店在苦桃溪至野三关之间的公路右侧，两座山坡的凹处。停车时，没有来电，楼上楼下闪着阴暗的烛火，月亮被乌云遮住了一半。一行人手忙脚乱地搬行李，锁车门，半个小时后才安顿下来。李江跟掌勺的姑娘戏弄了几回，我和诺冰娜在旁边坐着瞧他“整秤”——一他们说那叫整秤，但听了几句终觉没趣，没精打采吃完饭，送诺冰娜上楼休息了。

晚 11 时多，电依然没来。心下烦闷便去楼顶小坐。

楼顶上的视野开阔多了，二楼混着大米、潮湿被子和脚臭味的空气没有了。我摸出烟，看看烟火，看看眼前，逐渐平静下来。

月亮终于挣脱了乌云的束缚像个裸女一样呈现出全身的光洁，公路左侧是深不见底的幽谷，如今只是一条宽宽的黑影。幽谷与公路之间，一棵不知已生长了多少年的银杏树高高耸立着，叶片忽闪忽闪的，播弄着阵阵月光。月亮底下，峡谷对面群山的影子神奇且朦胧。擦黑时分还白墙黑瓦、炊烟袅袅的村落如今已被黑影替代，只有零星的灯火表明着身份。

我一支接一支地抽。夜风徐徐，古老的银杏树上的叶片响得愈来愈频繁。李江他们在店前的院子里纳凉，偶尔有野三关方向来的大卡车亮着狼眼样的大车灯地动山摇般地爬过。我听得见他们是在谈狗，各自豢养的狼狗，很心爱，很深情。店主不时吆喝一下乱叫的看家狗，朝屋后的帮工们招呼几句什么。

夜像愈深，月亮愈亮，水一样泻下万顷银波。我感到大自然已悄悄进入我的内心，很激动，想哭，一阵阵的，但不知为什么。

毛子，我想我是触及了生活的真谛，我将要进入真正的生活。是什么使我们手忙脚乱地搭起笼子囚禁自己的呢？这就像一只被困在笼中的猛虎，当笼子被砍开，获得自由后却发现整个世界一片荒凉，找不到属于自己的家园，面对一个完全陌生的空阔天地却又无处施展。在大自然中，你会怀念人类，但回到人群中，你又立即产生更重的挣脱感。你发现自己被困在更大的牢笼中。这就是生的荒诞和悲哀，这就是真理。

诺冰娜就在二楼，疲倦了，我也像阳痿病人一样没有半点欲望。生活给了你机会，你一次又一次错过，然后在不可企及的渴望中用只有一次的青春磨蚀悔恨。是什么使她成为我的一部分，是什么让我反复无常地逼近又拼命挣脱那也许完全是假想的束缚呢？难道她的突然出现是我生命中的必然，她无意中启发了我心中强烈的复仇心理和无限的自卑感？或者这只是浮云一样掠过夏天的田野给每一个劳作者带来的片刻阴凉？

上午十点到了都亭镇。李江忙着弄火锅，诺冰娜就拽着我的胳膊满镇瞎逛，对着一座座土灰色木楼咔嚓咔嚓地按快门。当天正逢会集，赶场的山民们头扎黑巾不慌不忙，背篓像人的影子在嘈杂声中乱晃。在竹器市场我们碰见了两个英国人——基茨和吉姆，是烟厂请来调机器的。寒暄过后，我们相邀第二天同游腾龙洞。

次日早晨，灿烂的阳光照在都亭镇郊外的山坡和吉姆的大鼻子上，我们一行四人步行往东。

“斯迪夫，明天帮我买把裁纸刀怎么样？”吉姆煞有介事地说。

“当然可以。不过，你显然可以从厂里借嘛。”

“不，不，”矮胖的基茨插了进来，一边忍不住笑一边说，“他每天得用。”

“是吗？干什么用？”我真的好奇了。

“你瞧，这里的食物。每天早晨去车间前我得在卫生间蹲四十分钟。你挤啊挤，可它就卡在那儿像砖头一样不肯挪窝，但刚一出来它就钢条一样撑在那便池里，一英尺高，你得用刀子切断才能继续。”他一脸发愁的表情。

我在大伙狂笑时竭力忍住，肠道痉挛一般难受，最后还是忍不住笑了。

“可有时候，”他摸摸大鼻子，浓重的分不清L和R音的苏格兰方言更显焦急，“情况恰好相反，幸好我带了大量抗生素。前天早晨起床，上帝作证，我真痛恨咳嗽，大气不敢出。刚一蹲下，稀里糊涂就是一阵击打便池的声音。那可真是一场史无前例的粪便狂飙运动啊。”

诺冰娜笑得前仰后合，剩下的人也都笑得无法继续迈步了，我尽了最大努力扶住镜架。

作为补充，吉姆和基茨又唱开了双簧。吉姆曾在空军服役过，他用肥厚的舌头模仿螺旋桨转动的声音，而基茨又忙着对诺冰娜叽哩哇啦说个不停。大意是说，刚来这里不久，吉姆的胃就受不了啦。他第一次问车间哪个地方有厕所，别人告诉他了，他便进去蹲下来。可没一会儿又见他红着脸出来，昂首阔步往宿舍走去。原来他不习惯中国的蹲式茅坑，只好回房间用坐式马桶。我听着听着想象这真不容易。屁股里夹着一堆屎又要保持六十岁的身份直起腰板慢慢回走二十分钟路程!

“你知道，吉姆，在中国，你这年纪的人不开这样的玩笑。”我的口气里有明显的鼓励和赞许成分。

“是吗？不过孔夫子可是个了不起的道德学家，那么早就发现了关于强奸的真理。他说，女的裙子掀起，男的裤子垮到脚跟，女的比男的跑得快嘛，怎么可能发生真正的强奸呢?”吉姆说。

愤怒啸聚于脑门，我忍不住要发作起来，可转念一想，这不正说明他还是尊重孔夫子的吗？孔圣人没说过这样的话才是幽默的原因。可说了又怎样？我跟仲尼非亲非故，为什么要替他脸红脖子粗?

“是这样的吗，诺冰娜？我指跑得快那件事?”问完，我报以同样响度的笑声。

这考虑似乎是，如果仅仅是一般的玩笑而孔子碰巧是中国人，那么，这笑声和问题便是这幽默的继续，并非是胸无大器的干柴一点就着，犯不着也惹不起；如果这玩笑里含有什么恶意，诺冰娜就得承担至少一部分，因为她得做出反应，要么承认，要么否认我们之间的快慢之类的暗示。

诺冰娜太狡猾了！“你问我，我问谁？”这等于什么也没说，她的进一步的笑声是这踢皮球的一部分。

第一回合就此打住，四人都继续笑着，各有各的原因。

“撒切尔夫人可是个了不起的女性。她在这边受崇拜哩。”我不知这是转个话题还是想找点什么茬。

“撒切尔？”基茨笑哈哈的。

吉姆像屁股着了火一般一窜老高，跟基茨一路吵个没完。

说笑间，伏宝山坡上的油菜花已然灿烂地开在眼前。登上山顶，薄雾缎带般束住谷底的黄花，这里那里几户零星的房子坐落在新鲜的空气中。诺冰娜喜欢得什么似的，双手插在各自一边的屁股上显得高不可攀。吉姆哈口气，然后正经八百地问我：

“那些人住在那里干什么？”

我一怔，竟无答案。“别理这糟老头的混账问题，”基茨很同情我，说。

不过我想，吉姆可能只是想知道是不是守林子或自然保护区什么的，不一定就是不理解他们为何独门独户地生活在悬崖峭壁之下，便使劲地编造起来。

“那是些很有学问的人，他们被叫作隐士。自食其力，粮食大大的有，不交公粮，没有谁管他们，饮酒作诗，很自由的。”

吉姆显出很羡慕的样子，诺冰娜却偷偷地朝我笑。诺冰娜好就好在这里。

说着说着，清江河的轰鸣声隐隐传来，洞顶的灰白裸岩和绿毯般的树林、灌木丛随之跃入眼帘。大伙加快步伐，向那巨兽之嘴样的洞口奔去。**[标本 17 终]**

[标本 18 始]

毛子：

在腾龙洞中，一切真正地开始了，一切也真正地结束了，结束在对自我的重新认识中，结束在洞中的隔绝感、狂喜感、旷古感、悲凉和喜悦以及千万种复杂但清晰可见的木然之中。

在妖雾山左侧的山洞里，我们与基茨和吉姆走散了，在恐慌中，她的故事在黑暗中流淌出来。

她躺在我饥饿的怀中，焦裂的嘴唇轻轻嚅动：十七岁出走，到纽约，次年的性经验，在专营雏菊的花店里，拍电影上了别人的当，到洛杉矶，秘书，捡路边别人遗弃的一只花篮，听爵士乐，爱上四十六大街拐角的酒吧调酒师，失恋，半工半读在斯坦福，三十岁，被人介绍给周教授，第一次在周的公寓里吃中国饺子然后被他诱奸，花言巧语后来追到北京，被拒绝，一封封长信得不到答复，就这么完了，到这所学校，被我的"诚实"感动，等等。呓语。

上帝啊，瞧我的罪孽！

我说，诺冰娜，我想出去，走出这黑暗的山洞，借给我涂蜡的翅膀，或想象中能出迷宫的红线，什么都行，我要出去，电池没有了，你就是我的光。

她饱含泪水，说，我没有。然后说，然后呢？

我说不知道，我只想走出这黑洞，先出去再说。

她抱紧我，坚持要爱一次，我看不见她，只感到泪水在黑暗中悄悄地流回到自己的食管中。

我说，诺冰娜，我并不爱你，没法爱你，我只感到性欲的存在，没有爱情给你，因为不懂爱情是什么，对任何女人都一样。因为我连自己也不爱。

她沉默很久，算是默认。然后起身，说，跟我走吧。

毛子，这到底是怎么一回事？我为什么不能全力爱她，是什么在阻拦着我？为什么要不断地自我欺骗呢？！

我跟她走，在紧靠洞壁左侧的水流里。她在洞口就注意到了这暗河的流向，在电池用完之前记住了退路。

毛子，我已经退学了，心情沉重，一切像是到了尽头。

Schizophrenia，分裂，同自我，同旧我，同近三十年被告知的一切。我们被撕裂在自己的觉醒中，分裂在对尊严的渴求里，而觉醒给你的唯一选择，毛子，就是你的现状，就是我的明天！

我设想过同诺冰娜结合，到另一个遥远富裕的紧张国度里体会财富的好处，在感染的疯狂中啜饮另一种情调的爱情，可是，我的困境能因此改变吗？换句话说，仅仅是贫穷在折磨和驱逐我们吗？

我想这是这片黄土地铸就的牺牲和忍耐，我们都渴望着近似堕落的放纵，可正是这种放纵和一触即发的欲望使我们的正直和善良得到印证，在虚伪的德行幌子下放纵了一生的人绝不会有这种临近堕落的罪恶感。

你活着，如果想继续活下去你就得无休止地牺牲、无尽头地忍耐。

我们从今夜走向何方？

上帝不存在了，神的殿堂毁灭在科学和人性的呐喊声中，谁来为我捏和分裂的过去和现在？谁用尊严架起这两个世界之间的桥梁？谁来引导我们？毛子，谁是最后至高无上的裁决者！？

只好等待，不知等什么。[**标本 18 终**]

[**标本 19 始**]

14/12/1990

108 清河街，都亭镇

鄂西自治州，P，R. 中国

亲爱的诺冰娜，当飞机升往天空，我们最后的交往便永远中断了，不可能再像从前，在彼此专注而热爱的亲切眼神中哀伤或兴奋地叙说内心。这是地理的隔阂，更是制度和主义的阻断，我的内心无法越过重重阻碍进入你衬衣底下我温柔的眠床，而内心的文字不如让它就在这边，在这片土地上自行焚毁，直到一切使爱情沦为无动于衷的往事，而你我都垂垂老矣，将脸埋在岁月留下的老迈手掌里磨研人生刻下的重重皱纹，昏昏然不知日月运行、世代交替，这一切你本该当初就意识到了的。

你的近况那么糟糕我的确始料不及，可是，别哭。Robyn，我能做什么呢？我已经退学了，你可以想象余下的一切。

十几年的书窗生涯铸就了一团固执的脑浆，我也在初冬的寒意中不知走向哪里，那些有过爱心萌生的日子，回忆像阵阵不正常的幸福感补充这日益衰竭下去的躯体。可是，我还活着！在这里！

也有夜灯闪烁，在住宅区和铁路过道的墙壁上，幻想映在不知所措的空虚里，我猜想那是被岁月遗忘的先知们留下的预言。那些预言说，听我的话，孩子，抓住我的胳膊，一切历史早已重演过了，别在陈旧的圆圈里追逐自己的影子。

我无意用诚实和善良隔着千山万水来刺伤你，亲爱的诺冰娜，不过我得说，我们之间的一切已经结束了，也应该结束，因为对彼此有益。

不知你是否还记得，我们相识不久的一天下午，那天，当我们坐在珞珈山顶上，望着远处的村舍、午后阳光下的黑瓦白墙和袅袅炊烟时，一只不知来自何处的兀鹰突然出现在我们头顶，并且在我们面前的巨大山洼里盘旋，如果你仍然要求解释，这就是全部。我们的差别。而且，这许多的时日过去后，我相信那不是愚蠢的迷信，那是命运之神的降临。

我爱你，诺冰娜，当你是一个纯粹的女人！我曾把感激全部奉送给往日的阳光彻头彻尾地倒在你的光照和阴影里没有过怨言，哪怕是在你完全不知觉的短暂念头中。你是一块闪亮的陨石，我们每一次的撞击都迸发过爱情的碎片，岁月和经历会将它们黏结起来，成为我们对彼此的怀念。

可是，诺冰娜，我们彼此的爱早就被时代锁住了，不能进一步发展，这不是普遍的困境而只是我个人的悲剧，我已反复强调过了。Robyn！你，我，都无力改变这仿佛来自阿波罗庙的神谕一样的结局，无论你来或我往。你来，我无法想象，我往呢?

不，诺冰娜，如果我出生并成长在这片土地上，我爱所有那些使我饱尝艰辛的记忆，爱这片曾经使我遭受痛苦的地方，爱这片印过我足迹的地方，爱这些跟我有着同样习惯、爱好、语言以及同样的痛苦和难处的熟悉的人们。它们已成为我生活中不可缺少的东西，我不能在没有这一切的同时体味跨国的长久爱情。

这是对尊严的追求，是使我们彼此痛苦的最终原因，我不能想象没有依靠而随意改变自己或不断欺骗你的生活。一切都会变得美好起来，像魔术一样!

别哭，Robyna！

LOVE，

郑夫

[标本 19 终]

我们在前述第 2 章谈到过事实与记忆之间的关系，由于人类讲述的故事绝大部分来自记忆，而人的记忆不仅不可靠，而且是至今都难以厘清的复杂哲学问题。根据上述标本 16 － 19，我们来看看记忆到底会如何引发关于事实真伪的麻烦。

问卷6：

根据上面4个标本中的回忆内容，我们可以当作事实提取出来的数据有：

1. 某年的圣诞节，的确出现过酷寒天气，有风，有雪，有细雨，还有沙子打在人脸上的感觉。天空正好是蜡黄的，梧桐树也呈现黑色。这些都是客观事实，而与该名观察者内心的挫折感毫无关系。

2. 死亡的预感与深山老林中的孤寂是心理事实，它们与大自然真实的四季变换同样属于客观现象。

3. 悲伤与爱情相辅相成，只有极少数人能体验到脱离悲情的爱。

4. 无论针对个人、集体、民族、国家甚或是全人类的记忆，无一例外会体现出人的心理偏向，这种偏向的直接目的是自我保护。

5. 上述标本中关于竹笋层层剥离的比喻，正是对人类记忆的形象描绘。

6. 一段旅程、某个夜晚、一群人的聚会、一些似有若无的事件，可以是真的，亦可以是假的，因此，判定它们是否属实，还需要其他材料的佐证。

7. 我们对他人讲述的故事，如同他人对我们讲述的故事一样真假参半，不可全信。

8. 当我们说一段恋情真正结束的时候，通常指涉事双方对彼此交往的全部历史细节展开主动有意的遗忘选择，而且这种选择绝大多数时候是有效的。

9. 一个男人在回忆中对另外一位女性说：“你是一个纯粹的女人！”这话可以从情感、情欲或情操的任何一个角度予以理解。

10. 涉及回忆的本质时，哪怕怀念本身也是有选择性的、盲目的和不可信赖的。

在我们就回忆的本质进一步探索之前，请记住下面这些已经得到证实的科学信息：

在男女两性中，都存在与众不同的腺体分泌物，分布于肛周、面部、阴部、头皮及脐周，这是大家都情愿不知道但的确是如同地球绕日公转一样不可否认的客观事实。除此之外，人体还有生成速度惊人的汗液、泪液、尿液、牙菌斑、皮脂、耳垢、阴垢及阻碍我们产生性兴奋的最大天敌：粪便。

正如男性的阴茎并不总会散发出玫瑰馨香，女性的阴道也是滋生细菌的温床。这个藏污纳垢之所可容纳 400 多种有机体。但由于健康女性的阴道含有多种酸性物质，可抵御酵素及病原体，因此可让阴唇散发出男性可确切感受到的某种香气。同时，女性同样多液汁的肉体经常也是水量充沛的水库，计有阴道分泌物、乳汁和经血。鉴于人类是如此恶心的移动垃圾工厂，令人惊奇的是，我们竟然想办法作为一种有性交能力的物种存活下来，不仅愿意彼此交合，而且在每年只能眨眼150,000次的短暂生存周期内足够频繁地交合，竟至于正在超越极限地耗费这颗星球上的自然资源，并使我们的物种总数达到了惊人的70亿之多。

人类在物种数量上的成功秘诀，在于我们这些肉欲横流的哺乳动物的大脑已经进化到了极高水平，竟至于可以容忍彼此十分恶心的身体。在这股强大的进化力量催促之下，人类还会同时进化出更繁杂难解的爱情品类，一方面让我们的伦理道德尺度不断地放大，另一方面又使我们的道德判断能力如同步履蹒跚的老者跟不上变化的节奏。

那么，在郑夫对于他曾经爱过的诺冰娜的回忆当中，我们显然可以看出，其中的很多部分受限于他的内心矛盾而失真，但其余的部分当然是可以信赖的事实，至少是可以推断出来的近似事实。如果上述异性恋产生、发展与终结的过程中涉及上述人体体液分泌的基本事实，哪怕是其中的一部分，那么，作为实验心理学的参与者，我们就可以下一个基本判断：这个名为郑夫的叙事者对其参与的这场情感悲剧有足够清晰的自我意识。

回忆的内容与选择的偏好，让我们借以判定事实的真假与轻重。

鉴于人类情域广泛无边，而我们选取的这一特例正好符合绝大部分读者心目中的爱情模式，那我们现在可以就情欲动力学做一个基本结论了，尽管这个结论简单得无法再简单：

人类的情感指涉任何一种情绪范畴，爱恨情仇无所不包，它与一切有情万物并无差异。潮起潮落，变化莫测。

人类的情欲指驱动情感变化的强大力量，尤其是指向繁殖目标的生殖行为。无论何种性质的爱，包括所谓正常与异常的爱情在内，都受这股强大力量的驱使，尽管其结果并不一定导致物种的繁衍。

人类的情操是使人区别于自然万物的特别情感，由于情操背后的更强大力量是人类特有的理性，它使人脱离动物界的盲目情欲冲动，奔向只有人自身才会保有的崇高、至善与美好目标。

10.写在最后的话

写在最后的话，往往都是不太重要的话，可是，为了准确呈现三十年前的那场爱情故事，我可谓费尽心机。虽然与前面所述内容会有明显脱节，但如果不就诺冰娜的事情多说几句，本来想要表达的意思，就可能迷失在诸位亲爱的读者朋友随意的联想与自由发挥之中了。

首先我想说：诺冰娜只是一个道具。

可想而知，诺冰娜如果还在世，她应该是生活在加州的一位年逾七旬的老太婆了。我无法想象，岁月在她曾经年轻美丽的脸上刻下了何等样深深的皱纹，也不知道她后来是否结婚育子，抑或是孤老一生。但可以确信的是，文中的这位郑夫，现已是年届花甲、渐入黄昏的老者了。

回首往事，人们往往喜欢用离别后阅人无数来形容世道之沧桑，可是，对于诺冰娜也好，对于郑夫也好，无论后来各自经历了什么样的情感波澜，也无论相互偶尔的思念是否为对方想象得到，曾经那么炽热的一段激情碰撞，又怎么可能完全迷失于风烛残年的健忘之中呢？

尽管如此，诺冰娜仍然只是一个道具。

往大里说，世人谁不是“上帝”手中的道具呢？曾经威风凛凛的君王、枭雄，曾经不可一世的霸王或寂寂无闻的鼠辈，哪有不是“神”掌中的玩具？三十年，在人类数十万年的进化途中只是短短的一瞬，何曾有值得一提的任何一点情感增进，假如我们把情欲与情操排除在外的话？

当然，由于撕扯生肉的必要大减，我们的牙齿朽烂得更快，我们的肠胃经不起哪怕一丁点儿沙门氏菌的侵袭，我们的耳朵已经听不到几公里外猎物交配的喘息声。由于再也不需要死命追逐野兔和其他走兽，加上空调几十年如一日地阻塞我们的汗腺，可能在我们低头看着大腿上稀稀拉拉几根不成建制的体毛时会产生几秒钟的尴尬，并因此而对用进废退的进化规则维持些许敬意。然而，在我们谈论爱情以及与之相关联的众多情感时，还是不得不发出这样的兴叹：时光飞渡，我还是原来的那个我。

这个意思是说，对于郑夫而言，假如没有这个诺冰娜出现，那一定会有另外一个类似人物出现，我们原以为注定会发生的一切，不过是自尼安德特人或北京猿人以来周而复始的情感故事之一。

人生的确就是一台荒诞的独幕剧，只为我们每一个单独的个人上演。

大自然和人造的声响充斥于这台“独幕剧”的始终，正如自然和人造背景之千变万化。我们有父母，有兄弟姐妹，有各色同事好友，日日时时发生着我们的记忆无力承载的万千事件。有历史，有对未来的期盼，有我们仍然记得或已然忘记的无数观念和由此构成的所谓知识，有我们耿耿于怀的爱恨情仇，可是，转念一想，这一切的一切，莫不是这一场“独幕剧”默默的演出。那些有生命和无生命的道具，曾经引发起我们无限感慨的种种事端，正是说服我们的意念证据，并无确切的理由让我们信以为真。

这样的一种唯我论会使我们堕入更深的认识论黑暗，会使我们的荒诞与无意义感倍增，当然的，的确如此。可是，当我说诺冰娜不过是一个道具时，正是在这一层意思上说的。

然而，她又是那么完美的一个道具。

她有一头栗色的头发，她身上流淌着的八分之一爱尔兰血统，使她白皙的皮肤、虹膜的色泽以及长长的睫毛深深地刻印在郑夫的脑海里。她有冷暖适中的体温，她有迷人的微笑，她有永远湿润、随时可以深吻的舌头，她有圆鼓的乳房和高高突起的阴阜，她的差不多每一处孔穴都散发出性与美的醉人气息，足以令郑夫或其他任何一个正常男子恢复雄性的本能冲动。她健谈，她体贴，她在适当的时候站起或下蹲，也在准确精当的时刻软软地卧倒。她不伤害，她尽可能地逢迎，在开心的时候放声大笑，在低沉的时候默不出声。她袒露过去，从不遮掩。她挑选食物，也摆弄和变化做爱姿势。她喘息、呻吟、尖叫，她有永远没有完结的小小的恶作剧。她有百科全书式的体位展示，她有离奇古怪的情色故事，然而，当你冷静地透入她的内里，你会发现那深藏不露的灵魂底部，已经刻上了何等难以磨灭的悲悯与消沉。

也正是这样，她出其不意地到来，又出人意料地离开。

这就是道具。无论完美与否，道具就是道具。

亲爱的读者，当我在此发出如此令人沮丧的肤浅喟叹之时，你的愤懑与失望是我完全可以料到的。可是，之所以说诺冰娜是这样一个完美的情感道具，是因为在郑夫余下的岁月里，他残存的热情也会被流淌不息的时间蒙上黏稠的绿色藻类。我无法肯定，正如你也难以预料，在有朝一日肯定会到来的弥留之际，郑夫会不会像萨特对波伏娃一样，对着不知是否尚在人间的诺冰娜发出类似的感慨：

“我曾多么爱你啊！”

可是，假如我说，诺冰娜也是一个叙事的道具，那是因为，在郑夫的眼里，过眼烟云一样的无数的道具，只不过是这一场只有他独自去体验、去感受、去承担无论何种后果的独幕剧的必要设备。这个道具指向的情感终局，也只不过是整场独幕剧想要表达的另一层更深刻的终极意义的一部分。

因为这独幕剧也是一个文本，对这文本的终极诠解，也只有郑夫一个人握有最高和最终的权限。

我们读过无数的故事，我们吟诵过万千的诗行，我们看过众多的电影，我们也听人讲述过数不清的传奇和大大小小的轶闻趣事，可是，到底哪一些是我们信以为真，以至于没齿难忘、刻骨铭心的呢？

你是否跟我一样觉得：在重复了几百上千年的各类传统故事当中，那种深深的腻味与厌倦时常让我们觉得生不如死？

没有形式的创新，没有内容的鼎革，仅仅用重复了上万次的老生常谈来敷衍读者，那还不如没有任何一种文本来打扰这个已经纷乱繁杂的世界。借用波士顿疯人院一位名叫威廉·诺依斯的精神科医生对一本毫无新意的精神病学著作的评论：

> 在业已十分兴盛的文献体上又增加了三百来页……除开对于倒错者自身的影响之外，没有哪位健康人士能够看完这些文献而不对人性产生更低劣看法的，而这个结果本身都值得任何一位作家考虑一下是否该住手了。

如果大家还记得我们在前面就叙事的人称所说的那些枯燥无聊的话，那我们一定会注意到：关于这位诺冰娜的差不多所有信息，全部来自这位名叫郑夫的学生，而这位其时其地正处于情感旋涡的叙事者，显然处在极端不可靠的精神状态之下，是什么东西让我们对他无论以书信体还是内心独白透露出来的一切觉得安全可靠的呢？

显然，从终极的意义上说，任何一种人称都是不可靠的，推而广之，任何一种叙事也没有哲学意义上的真实性可言。那么，是什么东西让我们保持阅读，继续聆听他人故事，不断地观赏各类电影呢？

上述关于诺冰娜的故事，从标本中看出来的，仅仅只是简单得不能再简单的故事：一对师生恋爱，一次旅游，几次聚会，告别，充斥其间的是这个名为郑夫的学生近乎呓语的内心独白。凭什么我们要听信这个学生在失去稳定心态时所说的那些话呢？

涉及事实的哲学问题，虽说跟娼妓和行吟诗人一样古老，却并不是没有解决的办法。简言之，我们以单一文本（陈述）与普遍事实的对应、关联和连贯性加以比对。换一个说法，我们表达的方式和内容本身会透露事件的真实或某一陈述真假的程度，也就是说，我们表达的方式，也就是叙事的手段，会给予我们足够多的信息以确定某些事实的真伪。

譬如说，我们不知道这位郑夫与诺冰娜到底是发生过舌吻还是普通的接吻，我们也不知晓他们之间的做爱到底有过什么样的体位或次数，然而，假如我们相信这位郑夫对两人之间深层交往的一般事实，那么，他们到底是普通接吻或舌吻，到底有多少次性爱活动或者什么样的体位，却是任何一位有过恋爱和做爱经验的读者可自行加以判断的。毕竟，这些事实或者真假程度不同的陈述，并不妨碍我们对二人之间发生的情感纠葛之真实性的判断，也就是说，这些描述符合上述所言的对应、关联和连贯性标准。

后现代主义写作想要重申的，莫过于上述再现说的不同翻版。

无疑地，诺冰娜与郑夫之间发生的一切与情欲相关的事件，无论是在故事中直接呈现出来的，还是以羞答答的隐言晦语暗示出来的，莫过于异性恋者之间极可能发生的那些微不足道的芝麻芥草。他们介乎情感与情操之间的那种情欲表达，相较我们在前面列举的众多不幸的性倒错者悲惨的人生经历而言，不多不少正好说明：高尚的爱情哪怕是由与动物无异的情欲所驱动，它毕竟还是爱情，这样的爱情，是无论什么样的飞禽走兽水底游鱼都无法相比的。

我们思念、怀念、想念；我们回忆、冥想、期盼，可是，千万也不要忘记，我们离哺乳类脊椎动物的距离，还远远没有进化到让人类永远处在高深莫测的道德顶端长久陶醉下去的程度。

人类作为灵长类动物之首，一方面在运用自己的理性不断地探究涉及情欲的一系列意图、欲望、情感、知识与信仰等深层的奥秘，另一方面，剧变的文化与社会模式，又让一批又一批的兄弟姐妹走向越来越离奇的情欲死胡同。这中间，尚未开化的一些民族保持着它们与动物距离不远的原始冲动，其结果是：我们曾经高声颂扬的爱情陷入了越发难以自拔的泥淖，它夹杂在七情六欲之间，莫衷一是。

譬如，世上就有这么一些人，对他们来说，看上去固定不变的美学标准——年轻、面容姣好、身材完美、肢体完全统统都不适用，吸引他们的，永远都是出人意料的歧路，而且社会生活越是复杂多变，引发他们性兴奋的对象就越是超乎想象。

有些问题我们可能永远都找不到答案。比如，为什么有的人会产生性欲异常，而有着相同基因和人生经历的其他人却没有。又比如，为什么性欲异常绝大多数在男性中发生（有专家统计出，男女性欲异常的性别差异比为 99 对 1)，难道我们可以据此得出以下结论——由于雄性动物的生殖系统远较雌性简单，因而它们可以随意尽情泼洒多余无用的精液，以至于可以完全不顾卵子数量有限的雌性经年累月的生育分娩之苦？

我们再回头看看大家在第一章里碰巧遇见的那个人和他

遮遮掩掩的情欲历程。在都市的茫茫人海，抑或在某个偏远山村，随便拎出一个男性，我们便可以在他的坦纳尺度表上准确地捕捉住与动物无异的生理发育痕迹。假如我们观察他从十一二岁起的性状成长，会发现其睾丸量在6—20毫升之间，阴囊进一步增大，阴茎开始加长至约6厘米，较为浓密的阴毛会延伸至阴阜附近，变声也开始了，肌肉丛增大，可能会出现乳房胀痛（乳房发育症），精液形成可能已经开始，身高增长加速至每年约7—8厘米。此时此地，假如他对正好出现在他视野里的某一位女性产生一种陌生的情感，那我们要做出的一个判断是：他到底是焕发起了与生俱来的一种崇高美感和对于神圣高贵爱情的渴望，还是由于饱胀的阴囊不甘于在皱巴巴不见天日的悬挂之所沉闷下去，因而顿起一种精虫大军的哗变冲动，以突出成人世界的道德重围？

譬如，说起他的初恋孙悦老师，回忆里只有柳树发芽和他第一次真切地把自己的体液（眼泪）留在了那女人的腰间（衣服上）。新柳发出嫩芽，当然是儿时美好亲切的情感回忆，可体液呢？虽然不过是几颗委屈的少年泪滴，然而那种体液意识，却无疑是残存的兽性痕迹，令他日后排空阴囊的本能冲动终身相随。

他养成了终生没能摆脱的手淫毛病，他甚至偷窃过女性内衣，然而结果呢？他也那么痴情地爱上一个白化病女孩，他对与情欲关系不大而且年长自己四十岁的一位女老师终生难忘，如果不是爱情，那还有什么样的字眼可用来描述这种莫名其妙的特别感受?

他甚至爱上一个概念，一个全然想象中的苗族少女，他与双性恋者的一位女大学生也能彼此投合一阵子。在他并没有揭示出来的其他众多故事里，我们能够揣摩到和理性地推断出来的情感历程，一定能够构筑起如此立体和多维的一个人性雕塑，以至于乔叟异彩纷呈的《坎特伯雷故事集》或乔伊斯三卷本的《尤利西斯》也会相形见绌。

因而，诺冰娜又不是道具。

她打加州来，又回加州去。她之来，青春闪烁，风华正茂，带给郑夫的，正是他无法预料的命运安排。她之去，岁月经年，杳无音信，留下太多的空缺让人遐思冥想，不知所终。

历史之不可靠，正如其无法假设。在郑夫青春的屋架上，已经永远铆上了诺冰娜这样一根舶来的榫头。可能在斯坦福的校园，正在开放着与 W 大学类似的花朵，校园里奔走着差不太多的青年男女，咖啡冒着热气，似曾相识的吉他乐曲隐约传来，动物激素在阴囊里照样滋滋生长，正如怀春的异族少女随时会爱上汗腺发达的某个少年，然而，一个时代永久地过去了。

对于郑夫，一段没齿难忘的恋情可能烟云消散，亦可能深藏心底。而对于老迈的诺冰娜，纵使世态炎凉、晚景悲戚，冥冥之中，她一定会感受得到曾经远隔千山万水的那一句呼喊：

别哭，诺冰娜!